中国古代神话传说

罗俊杰 张天爽 / 主编

吉林美术出版社 | 全国百佳图书出版单位

图书在版编目（CIP）数据

中国古代神话传说 ／ 罗俊杰，张天爽主编. —— 长春 ：
吉林美术出版社，2020.7（2023.7重印）
（快乐读书吧 ：听读版）
ISBN 978-7-5575-5529-0

Ⅰ．①中… Ⅱ．①罗… ②张… Ⅲ．①神话－作品集
－中国－古代 Ⅳ．①I276.5

中国版本图书馆CIP数据核字(2020)第092429号

快乐读书吧：听读版
中国古代神话传说

主　　编　罗俊杰　张天爽
责任编辑　陈　鸣
开　　本　710mm×960mm　　1/16
字　　数　130千字
印　　张　12
版　　次　2020年7月第1版
印　　次　2023年7月第12次印刷
出版发行　吉林美术出版社
地　　址　长春市净月开发区福祉大路5788号
　　　　　邮编：130118
网　　址　www.jlmspress.com
印　　刷　长春百花彩印有限公司
ISBN 978-7-5575-5529-0　　　　定价：35.80元

CONTENTS

目　录

轩辕氏黄帝

　　🐾轩辕氏黄帝是中国远古时代华夏民族的共主，五帝之首，被尊为中华"人文初祖"。轩辕黄帝部落由天水自西向东迁移，史载炎帝以姜水成，因有火德之瑞，故号炎帝；黄帝以姬水成，因有土德之瑞，故号黄帝。黄帝以统一华夏部落与征服东夷、九黎族而统一中华的伟绩载入史册。黄帝在位期间播百谷草木，大力发展生产，始制衣冠，建舟车，制音律，创医学。

　　黄帝又叫轩辕氏。他是古华夏部落联盟首领，中国远古时代华夏民族的共主。

　　远古时代，有一个小国叫有熊国，国君是少典。当时有熊氏与有蛟氏世代互通婚姻。于是少典便娶有蛟氏的女儿附宝为妻。有一天，少典和附宝扛着木耜去田间种地，正走着，天空突然**暗淡**下来，顿时星光满天，像是夜晚来临。这时附宝抬头仰视，只见天空有一道**闪闪发亮**的电光像蛇一样不时绕着北斗星旋转，刹那间，罩上了一层**浓郁**的青光。附宝突然觉得腹部有什么东西猛地一动，就怀孕了。经过二十五个月，附宝生下了一个男孩。孩子降生的时候，一片紫气弥漫周围，他刚生下来就会说话，非常机灵。这个孩子就是黄帝。

黄帝十五岁时接受国土袭封，号有熊氏，因发明装有轮子的车辆，又号轩辕氏。黄帝共有二十五个儿子，其中十四人被分封得姓。这十四人共得到十二个姓，分别是：姬、酉、祁、己、滕、箴、任、荀、僖、姞、儇、依。另外，青阳、苍林与姬同姓。而少昊（己姓）、颛顼（次子昌意之子）、帝喾（长子之孙）、唐尧（长子玄孙）、虞舜（次子八代孙），以及夏朝、商朝（子姓）、周朝的君主都是黄帝的子孙，这些后裔都继承了姬姓，他的后代周武王（姬发）建立了周朝；在西周初年周武王大封诸侯时，其中姬姓国就有五十三个，这些姬姓国的后代多数改以国名、封邑名以及祖父名、号为姓，姬姓反而不多了。

黄帝最初的神职是上司风雨雷电，后升任中央大帝。他天生四张面孔，能同时注意东南西北四方动静，天上人间的任何事情，都逃不过他的眼睛。

钟山之神烛阴的儿子——人面龙身的鼓，勾结人面马身的凶神，将一个叫葆江的神诱骗至昆仑山的南坡暗杀了，并且毁尸灭迹，企图掩盖罪行。整个谋杀过程全被黄帝清清楚楚地看在眼里，为了伸张正义，他派遣天杀星下凡，千里缉凶，在钟山东面的瑶崖追及那两个恶徒，一起处斩，为可怜的葆江报了仇。

人面蛇身的天神贰负，受其家臣危的唆使，杀害了也是人面蛇身的国主窫窳。这件事黄帝也看到了，他命令四大神捕擒下贰负主仆，将贰负绞决，弃尸于鬼国东南；用危自己的头发做绳索反绑他的双手，再用镣铐锁住右脚，拴在西方疏属山顶的大树上，判他永远不得离开。

除了四张脸以外，黄帝的整体形状恰似一只充满空气的牛皮囊，颜色金黄，隐隐闪烁赤光，长有六条腿、四个翅膀，却**混混沌沌**，找不到眼睛和脸庞。

应该精明时，四面八方，**明察秋毫**；应该糊涂时，浑无面目，大智若愚。黄帝的厉害之处正在于此，别的神灵想学也学不来。

黄帝的聪明过人，还表现在他运用六十四卦的原理，为中华民族留下了许许多多宝贵的财富。

远古时代，人们没有穿的东西，黄帝发明了衣服，送给人们遮体御寒。那时湖泊、河流阻碍了人们的远行，黄帝找来又粗又长的木头，把中间挖空放在水上，成了后来的船。又找来木头劈削成有柄的木片，成了后来的桨。从此，人们可以用船渡河，还可以**漂洋过海**。

那时候，成群结队的野牛、野马横冲直撞，经常危害人类。黄帝教人们驯服野牛、野马的本领，于是，人们逐渐学会了把野牛、野马驯服、驾驭并饲养，让马替人运载货物，让牛为人耕耘田地，大大增强了生产能力。

黄帝还发明了弓和箭。用弓箭打猎、杀敌，威力很大，几十步之外就可以射杀对方。黄帝的军队也因此军威大振，所向披靡，无敌于天下。

黄帝经过漫长的征战，终于统一了天上和人间的各路神仙和各方诸侯，统治了整个中华大地。

刑天舞干戚

刑天为炎帝近臣，自炎帝败于黄帝，刑天一直伴随炎帝左右，居于南方。蚩尤起兵复仇被黄帝削平，刑天吞不下这口气，他一人手执利斧，直杀上中央天帝的宫门前，要和黄帝争神位，黄帝砍下他的脑袋，把它埋葬在常羊山。没有头的刑天便用两个乳当眼睛，用肚脐当嘴巴，一手持盾牌，一手执大斧，至今仍然在那里挥舞战斗。

当炎帝还是统治全宇宙的天帝的时候，刑天是炎帝手下的一位大臣。他生平酷爱音乐，曾为炎帝作乐曲《扶犁》，作诗歌《丰收》，总名称为《卜谋》，以**歌颂**当时人民幸福快乐的生活。

炎帝被黄帝打败后，屈居到南方做了一名小小的天帝。虽然炎帝**忍气吞声**，不敢和黄帝抗争，但他的子孙和手下却不服气。当蚩尤举兵反抗黄帝的时候，刑天曾想去参加这场战争，只是因为炎帝的坚决阻止没有成行。蚩尤战败被杀，刑天再也**按捺不住**他那颗愤怒的心，于是偷偷地离开南方天庭，径直奔向中央天庭，去和黄帝争个高低。

刑天左手握着长方形的盾牌，右手拿着一柄闪光的大斧，一路过关斩将，砍开重重天门，直杀到黄帝的宫前。黄帝正带领众大臣在宫中观赏仙女们的**轻歌曼舞**，猛见刑天挥舞盾斧杀过来，顿时大怒，拿起宝剑就和刑天搏斗起来。两人剑刺斧劈，从宫内杀到宫外，从天庭杀到凡间，直杀到常羊山旁。

常羊山是炎帝降生的地方，往北不远，便是黄帝的诞生地轩辕国。轩辕国的人个个人面蛇身，尾巴缠绕在头顶上。两个仇人都到了自己的故土，因而战斗格外激烈。刑天想，世界本是炎帝的，现在被你**窃取**了，我一定要夺回来。黄帝想，现在普天下邦安民乐，我轩辕子孙昌盛，岂容他人染指。于是各自都使出浑身力气，恨不得能将对方立刻杀死。

黄帝到底是久经沙场的老将，又有九天玄女传授的兵法，便比刑天多些心眼儿，故意露出了**破绽**，刑天以为取胜的机会来了，用尽全力却砍空了，黄帝趁机一剑向刑天的脖颈砍去，只听"咔嚓"一声，刑天的那颗像小山一样的巨大头颅，便从脖颈上滚落下来，落在常羊山脚下。

刑天一摸脖颈上没有了头颅，顿时惊慌起来，忙把斧头移到握盾的左手，伸出右手在地上乱摸乱抓。他要寻找到他那颗不屈的头颅，安在脖颈上再和黄帝大战一番。他摸呀摸呀，周围的大小山谷被他摸了个遍，参天的大树，突出的岩石，在他右手的触碰下，都折断了，崩塌了，但还是没有找到那颗头颅。他只顾向远处摸去，却没想到头颅就在离他不远的山脚下。

黄帝怕刑天真的摸到头颅，恢复原身又来和他作对，连

忙举起手中的宝剑向常羊山用力一劈，随着"轰隆隆""哗啦啦"的巨响，常羊山被劈为两半，刑天的巨大头颅落入山中，两山又合二为一，把刑天的头颅深深地埋藏起来。

听到这异样的响声，感觉到周围异样的变动，刑天停止摸索头颅。他知道狠毒的黄帝已把他的头颅埋葬了，他将永远身首异处。他呆呆地立在那里，就像是一座黑沉沉的大山。想象着黄帝那**得意扬扬**的样子，想象着自己的心愿未能达成。他愤怒极了。他不甘心就这样败在黄帝手下。突然，他一只手拿着盾牌，一只手举起大斧，向着天空乱劈乱舞，继续和眼前看不见的敌人拼死搏斗起来。

失去头的刑天，赤裸着他的上身，似是把他的两乳当作眼，把他的**肚脐**当作口，他的身躯就是他的头颅。那两乳的

"眼"似在喷射出愤怒的火焰，那圆圆的脐上，似在发出仇恨的**咒骂**，那身躯的头颅如山一样坚实稳固，那双手拿着的斧和盾，挥舞得那样有力。

看着无头刑天还在愤怒地挥舞盾和斧，黄帝心里一阵**战栗**，不由自主地害怕起来。他不敢再对刑天下毒手，便悄悄地溜回天庭去了。

那断头的刑天，至今还在常羊山的附近，挥舞着手里的武器。

怪相真仙铁拐李

铁拐李又称李铁拐，是中国民间传说及道教中的八仙之首。铁拐李是八仙中资格最老的神仙，在中国民间影响很大，同时也是道教所尊崇的对象。这个"铁拐李"名字的由来，也很有趣。

八仙之一的铁拐李，关于他的真名众说不一。有人说他叫李玄，有人说他叫李凝阳，还有人说他叫李孔目。但他的小名只有一个，那就是拐儿。

相传铁拐李本来生得**魁梧**体面，跟着老子学道，隐居在岩穴之中。

有一天，他跟着师父老子去神游华山，暂且把自己的躯壳留在洞府中。临走时，他对自己的弟子说："如果七天七夜后我的神魂还没有回来的话，就说明我已经得道成仙，你就把我的躯壳**焚化**了吧！"嘱咐完，他便飘飘然游山玩水去了。

铁拐李那个弟子倒是很听话，在洞府中守着师父的躯壳寸

步不离。这弟子整整守了五天，到了第六天的时候，他的哥哥跑来给他送信，说是老母亲生命垂危，临死时非常想见他一面，让他无论如何也要回去一趟，如果晚一点儿，可就永远见不到老母亲了。

铁拐李的这个弟子一听，急得如热锅上的蚂蚁，恨不能肋生双翅，马上飞到老母亲的病床前，可是，他又想到师父临走时一再叮嘱，要自己一定要守到第七天。

再有一天就可以完成师父的**嘱托**了，他便决定无论如何都要坚持把这最后一天守完。

到了第七天的早晨，心急如焚的弟子看师父还是没有回来，便有些沉不住气了。他好不容易熬到了中午，最后，他实在等不及了，便一把火**焚烧**了铁拐李的躯壳，急急忙忙跑回家看望他的老母亲，尽孝道去了。

铁拐李在外面游玩了七天，到第七天傍晚时分，他风尘仆仆地赶回自己的洞府，一看，顿时大吃一惊：弟子不见了，自己的躯壳已经被火化了。这可怎么办哪？

自己的躯壳没了，神魂该归于何处呢？铁拐李无依无附，只好到处漂泊。

一天，他看到树林里有一具尸体，便不管三七二十一，钻了进去，失去肉体的游魂总算有了依归。可是当他站起来的时候，却觉得有些不大对劲，原来这具尸体竟是个瘸子。

铁拐李来到一个池塘边，看了看自己的样子，这一看把他吓了一跳，只见他**蓬头垢面**，双目深陷，活像一具骷髅，丑陋不堪。

正当他懊悔自己没有找对身体的时候，忽听身后有人拍手说："不可只看相貌，真道应该到形体表相之外去求得。你只要用心修炼，便可以成为怪相真仙。"原来是他的师父老子。他听了师父这番开导之语，**茅塞顿开**，不再为自己的相貌而难过了。

老子见他头发乱蓬蓬的，确实不像样子，便送了一个金箍给他，让他束住**乱蓬蓬**的头发，又给了他一根铁拐杖，让他拄着走路。他因此得了"铁拐李"的绰号。

从此，这个相貌奇特、腿瘸挂拐的神仙，身背葫芦，云游四方，专为人们除灾解难。

火 神 祝 融

祝融为颛顼帝之孙重黎，高辛氏火正之官，黄帝赐他姓祝融氏。祝融死后，葬在南岳衡山之阳，后人为了纪念他，就把南岳最高峰称为祝融峰。

黄帝时期有个火正官，他的名字叫容光，官名叫祝融，是一个氏族首领的儿子，有着一副红脸盘，长得威武魁梧，**聪明伶俐**，不过生性火爆，遇到不顺心的事就会火冒三丈。那时候燧人氏发明钻木取火，还不大会保存火和利用火。但容光特别喜欢跟火亲近，所以十几岁就成了管火的能手。火到了他的手里，只要不是长途转递，都能长期保存下来。容光会用火烧菜、煮饭，还会用火取暖、照明、**驱逐**野兽、赶跑蚊虫。这些本领，在那个时候是了不得的。所以，大家都很敬重他。有一次，容光的父亲带着整个氏族长途**迁徙**，容光看到带着火种走路不方便，就只把钻木取火用的尖石头带在身边。

一次，大家刚定居下来，容光就取出尖石头，找了一根大木头，坐在一座石山面前"呼哧呼哧"地钻起火来。钻哪，钻哪，钻了整整三个时辰，还没有冒烟，容光很生气，他嘴里喘着粗气，很不高兴。但是没有火不行，他只好又钻。钻哪，钻哪，又钻了整整三个时辰，烟倒是出来了，就是不起火。他气得脸黑红，"呼"地站起来，把尖石头向石头山上狠狠砸去。谁知已经钻得很热的尖石头碰在石山上，"咔嚓"一声冒出了几颗耀眼的火星。聪明的容光看了，很快想出了新的取火方法。他采了一些晒干的芦花，用两块尖石头靠着芦花"嘣嘣嘣"地敲了几下，火星溅到芦花上面，就冒烟了。再轻轻地吹一吹，火苗就往上蹿了。

自从容光发现了石头取火的方法，就再也用不着费很大工夫去钻木取火了，也用不着**千方百计**保存火种了。中原的黄帝知道容光有这么大的功劳，就把他请去，封他当了个专门管火的火正官。黄帝非常**器重**他，说："容光啊，以后就任命你为祝融好了，'祝'就是永远，'融'就是光明，愿你永远给人间带来光明。"容光听了非常高兴，连忙磕头致谢。从此，大家就改叫他祝融了。

黄帝在位的时候，南方有个氏族首领名叫蚩尤，经常侵扰中原，弄得中原的人无法生活。黄帝就号令中原的人联合起来，由祝融和其他几个将领带着，去讨伐蚩尤，蚩尤人多势众，尤其是他的八十一个兄弟，一个个身披兽皮，头戴牛角，口中能喷出浓雾，好不威风。开始打仗的时候，黄帝的部队一遇上大雾就迷失方向，部队之间失去联系，互不相顾。蚩尤的部队就趁势猛扑过来，打得黄帝大败，一直向北逃到涿鹿才停下来。黄帝被蚩尤围在涿鹿，好久不敢出战。不久，因风后发明了指南车，就再也不怕浓雾了。后来祝融见蚩尤的部下都披兽皮，又献了一计，教自己的部下每个人打个火把，四处放火，烧得蚩尤的部队焦头烂额，**慌慌张张**地朝南方逃走。黄帝驾着指南车，带着部队乘胜向南追赶。过了黄河，过了长江，一直追到黎山之丘，最后终于把蚩尤杀死了。祝融由于发明了火攻的战术，立了大功，黄帝重重封赏了他，他成了黄帝的重臣。

黄帝的部队**班师回朝**时，路过云梦泽南边的一群大山。黄帝把祝融叫到跟前，故意问道："这叫什么山？"祝融答道："这叫衡山。"黄帝又问："这山的来历如何？"祝融又答道："上古时候，天地一片混沌，像个鸡蛋。盘古氏开天辟地，才有了生灵。他活了一万八千年，死后躺在中原大地之上，头部朝东，变成泰山；脚趾在西，变成华山；腹部凸起，变成嵩山；右手朝北，变成恒山；左手朝南，就变成了眼前的衡山。"刚刚说完，黄帝紧接着又问："那么，为什么名叫衡山？"祝融马上答道："此山横亘云梦与九嶷之间，像一杆秤一样，可以称出天地的轻重，衡量帝王道德的高下，所以名叫衡山。"黄帝见他对答如流，非常高兴，**笑呵呵**地说："好哇！你这么熟悉南方事务，我要委你以重任！"但黄帝并不说出是什么重任。

部队在衡山驻扎下来了。黄帝登上最高峰，接受南方各个部落的朝拜。许多氏族首领会集在一起，大家都很高兴，祝融一时兴起，奏起了黄帝自己编的曲子《咸池之乐》，黄帝的妃子嫘祖也踏着拍子，跳起舞来。大家见了，都围着黄帝跳了起来。跳了个痛快以后，黄帝叫大家安静下来，说："我就位以来，平榆罔，杀蚩尤，制订历法，发明文字，创造音律，编定医书，又有嫘祖育蚕治丝，定衣裳之制。现在天下一统，我要奠定五岳：东岳泰山，西岳华山，南岳衡山，北岳恒山，中岳嵩山。从今以后，火正官祝融**镇守**南方。"大家一听，都大声喊着："万寿无疆！万寿无疆！"祝融这时才知道，原来黄帝说的**委以重任**就是这么回事。

黄帝走了以后，祝融被留在衡山，正式管理南方的事务。他住在衡山的最高峰上，经常**巡视**各处的百姓。他看到这里的百姓经常吃生东西，就告诉他们取火，教他们把东西烧熟再吃。他看到这里的百姓晚上都在黑暗中行走，就告诉他们使用火照明。他看到这里瘴气重、蚊虫多，百姓经常生病，就告诉他们点火熏烟，驱赶蚊虫和瘴气。百姓们都很尊敬他，每年八

月秋收以后，就**成群结队**地来朝拜他。大家说："祝融啊，我们人丁兴旺，鸡鸭成群，五谷丰登。都是你给我们带来了这么多的好处，我们感谢你，尊你为帝。你以火教化我们，火是赤色，我们就叫你赤帝吧！"从此，祝融就被大家尊为赤帝了。

正当大家**安居乐业**的时候，忽然电闪雷鸣，从中原传来了震天动地的喊杀声。百姓们吓得不得了，都跑来问祝融是怎么一回事。祝融告诉他们说："这是共工和颛顼争帝位，打起来了。"他们打了很久，还是**不分胜负**，共工气得七窍生烟，纵身一跳，一头朝不周山上撞去。这不周山是一座不平凡的山，它撑住了天，不让天垮下来；它系住了大地，不让大地倾斜。共

工一头撞过去，只听得"轰隆隆"一阵巨响，火星飞溅，照亮了半边天，撑天的柱子折断了，系住大地的绳索也**绷断**了。从此，天空向西北**倾斜**，日月星辰都往西北方向落下去。大地向东南倾斜，江河湖泊的水都往东南方向流过去。本来，南岳衡山这块天眼看也要垮下来了，这块地也一晃一晃地就要翻过去了。老百姓一个个抱着大树，攀着岩石，吓得哭起来了。祝融连忙使出自己的全身本领，像个大柱子一样撑住这个地方，天才没有垮，山才没有塌。祝融在南岳衡山上活到一百多岁才死去。百姓把他埋在南岳衡山的一座山峰上，并把这座山峰命名为赤帝峰。他住过的最高峰，就叫祝融峰。在祝融峰顶上，百姓们修建了一座祝融殿，永远纪念着他的**功德**。

八仙过海

所谓八仙，就是指由道教的八位神仙组成的一个神仙群体，他们是铁拐李、汉钟离、张果老、何仙姑、蓝采和、吕洞宾、韩湘子、曹国舅。而关于他们最有名的故事就是"八仙过海"。有一天他们想去东海的海岛上游玩，却遭到东海龙王的阻挠，结果双方以及他们的盟友分成两大阵营，展开了一场斗法较量，八仙和他们的朋友分别拿出自己的法宝，最终获得胜利，顺利地越过大海。

一天，终南山上的八位仙人**腾云驾雾**来到了东海上的蓬莱仙岛。

他们在蓬莱仙岛上东走走，西转转，玩得很快活。有一天，众仙人站在丹崖顶上看海景，吕洞宾说："哎呀，你们看前边那一片**黑乎乎**的是什么？"汉钟离说："那不是一些海岛吗？咱们到海岛上去看看好不好？"神仙们都乐意去看看，可是在海边找不到船，怎么办呢？吕洞宾说："咱们显显各自的本事吧。"

于是，铁拐李顺着山崖扔下铁拐，铁拐一落到海上，就镇住了一层恶浪。铁拐李跳下山崖，说："我先走了。"众仙人一看，铁拐变成了一只独木舟，铁拐李坐在舟上**眉开眼笑**。汉钟离着急了，他拍拍肚皮说："看我的！"说着，抽出扇子，吹口仙气，说声"变"，扇子一下子变到一丈多长。汉钟离坐在扇子上，嘻嘻哈哈地追铁拐李去了。紧接着，张果老投下纸驴，何仙姑扔下荷花，吕洞宾甩出宝剑，韩湘子放下紫金箫，蓝采和拿出花篮，曹国舅擎起玉板。八仙来到海面，嬉闹一阵，就开始**各显神通**向海岛奔去。

仙人们正走着，蓝采和突然落后了。他说："你们先走，我试试我这个花篮神通到底有多大。"

这时候，东海龙王正在宫里议事，只见水面上掠过一道白光，把水晶宫照得透亮。他觉得奇怪，忙派三太子到海面上看看是怎么回事。三太子带了一群龙兵在海上转了一圈，只见蓝采和脚下踩着一个花篮，浮海而过。

三太子让龙兵把花篮同蓝采和一起劫进了龙宫。三太子把蓝采和**关押**好，自己拿着花篮高高兴兴地去见龙王了。

再说众仙登岸后，不见了蓝采和，他们就在岸边等。等了一阵，等得不耐烦了，可怎么也看不见蓝采和的踪影。还是铁拐李脑子快，他一想，说："不好，一定是东海龙王把他扣住了，咱们还是到龙宫里去找找吧。"张果老拦住他说："你喝了酒，可别酒后闹事。我看，你还是别去的好。"吕洞宾急了，先跑到海边去找蓝采和，找了半天也没找到，他就站在岸边喊道："东海龙王你听着！你把人还给我，万事俱休；要是不还，我就放火把海水烧干！"

三太子听见了吕洞宾的喊叫声，根本不把他放在眼里。他指着吕洞宾的鼻子骂道："你休要口出狂言，快给我滚回去，要不连你一块儿抓进龙宫。"

吕洞宾大怒，拔出宝剑就向三太子刺去。三太子打不过他，钻进海里逃跑了。吕洞宾随后把火葫芦投进海里，吹了一口仙气。这下可好，海水被烧得直冒热气，像开了锅似的。

龙王在龙宫里热得躲也没地方躲，藏又没地方藏，赶紧吩咐龙兵放人。吕洞宾见蓝采和回来了，这才收了**火葫芦**，陪他一块儿去找众仙了。

众仙见蓝采和回来了，都十分高兴。蓝采和却说："我回来有什么用，宝器花篮还在他们手里。我自从登上仙境，逍遥自在，想不到今日受这等屈辱。众位仙友可要为我报仇，出这口气呀！"说着，蓝采和**号啕大哭**起来。

众仙听了，很是气愤，都说龙王欺人太甚，大家纷纷想着讨回花篮的办法。

于是，何仙姑和吕洞宾先来到海上，他们大声呼唤了半天，惊动了巡海夜叉。夜叉就向三太子报了信。

吕洞宾见三太子带领龙兵**杀气腾腾**地来了，抽出宝剑就上前迎战。三太子根本不是吕洞宾的对手，只打了几个回合，便败下阵来，龙兵也跟着四散逃命。三太子刚要逃回龙宫，何仙姑早把荷花扔到空中，一下子扣住了他。

龙王听说三太子大败，大吃一惊，忙令二太子出战。结果，二太子也以失败告终，手臂还被砍掉了一只，他大叫一声，扎进海里，龙兵也纷纷逃回了龙宫。

　　龙王见二太子断臂逃回来，龙兵又死伤大半，便派兵去南海告急，又亲自率领海内十万龙兵，征战八仙，为两个太子报仇。

　　汉钟离一看龙王来者不善，率先冲了出来。二人战了五十多个回合，杀得天昏地暗，**日月无光**，还是不分胜负。龙兵见状，都围上来助战。张果老一看汉钟离要吃亏，就摇起了令旗。八仙四处出战，喊杀声从四面八方传来。龙王渐渐招架不住，落荒而逃。

　　吕洞宾放出葫芦里的大火，不一会儿就把海水烧干了。东海里虾哭蟹嚎，**烟雾腾腾**，龙王只好带领妻儿往南海逃去，八仙这才收手。

　　南海龙王看到东海龙王狼狈的模样，吓了一跳，急忙把东海龙王接到殿上。听完东海龙王的哭诉，南海龙王坐不住了，说："就算太子夺了八仙的花篮，他们也不至于杀人害命啊！八仙真是欺人太甚！大哥，你别愁，待小弟为你报仇，夺回龙宫。"南海龙王当场写了几封急信，告知西海龙王和北海龙王：明日五更，听到连珠炮响，就一齐放水助战，水淹八仙。

　　八仙夺了东海龙宫以后，非常开心，他们四处游览，看到**奇珍异宝**遍地都是。他们转到后宫，看到花篮好端端地放在那里，蓝采和忙收起花篮，高兴得不得了。

　　说话间，天已经黑了，众仙决定，今晚在龙宫住一宿，明天再过海也不迟。

　　四更天时，张果老醒来，听见外边传来一阵"哗哗"的响声，他就赶快叫醒众仙。铁拐李听力好，他仔细听了听外边的

动静，说："这地方地势**低洼**，龙王要是用水灌，我们可就全被熬成'鱼汤'了。"

汉钟离听铁拐李说得有道理，就叫吕洞宾出去看看是怎么回事。吕洞宾刚出去，就听见一阵连珠炮响。喊杀声传来，四面八方的海水像山一样盖过来。没过多久，大水就淹了东海龙宫，八仙都泡在水里了。

曹国舅从身上抽出避水腰带，水就自动让出一条路来。众仙一看，急忙挤在曹国舅身旁，**惊慌失措**地向岸上逃去。

四海龙王水淹东海龙宫后，坐在水面上等了半天，一点儿动静也没有发现，以为八仙全都淹死了，便命令收兵。

八仙逃回岸上后，憋了一肚子气。吕洞宾跳起来说："他龙王能用水淹我们，我们就推倒泰山填东海！即使压不死龙王，他也无法再用水淹我们了，我们不就取胜了吗？"

众仙一听，都认为这是个高明的办法。于是，八仙一齐上了泰山。只听"**轰隆**"一声巨响，泰山被推进了东海。不久，烟雾散开，一

大片海变成了平地。

那个时候，四海龙王正在**饮酒作乐**，突然周围沙石乱飞，并伴着一阵**天崩地裂**的响声。南海龙王大叫："坏了，八仙又来攻打我们了！"话音刚落，他就看见一座大山倒在海里。四海龙王的兵马全部被压死了，只有四海龙王和十几个亲信逃了出来。东海龙王回头一看，**气愤不已**。东海已被填为平地，四海龙王只好逃向南海。自此以后，"八仙过海，各显神通。"这句话就流传下来了。

精 卫 填 海

精卫原来是炎帝宠爱的女儿，叫女娃，有一天她去东海玩，可是突然风暴袭来，她死了。女娃变成了鸟，名字就叫作"精卫鸟"。精卫鸟去西山衔来石子儿和树枝，一次又一次投到大海里，想要把东海填平。晋代诗人陶渊明写诗说："精卫衔微木，将以填沧海。"后来人们常用"精卫填海"这句成语，比喻按既定的目标坚毅不拔地奋斗到底。

太阳神炎帝有一个小女儿，名叫女娃，是他最**钟爱**的女儿。有一天，女娃驾着小船，到东海去游玩，不幸海上起了风涛，像山一样的海浪把小船打翻了，女娃就淹死在海里，永远回不来了。炎帝固然**痛念**他的女儿，但却不能用他的光和热来使她死而复生，只好独自悲伤罢了。

女娃不甘心她的死，她的**灵魂**便化作了一只小鸟，名叫"精卫"。精卫长着花脑袋、白嘴壳、红脚爪，大小有点儿像乌鸦，住在北方的发鸠山上。她恨无情的大海夺去了她年轻的生命，因此她常常飞到西山去衔一粒小石子儿，或是一段小树枝，展翅高飞，一直飞到东海。她在**波涛汹涌**的海面上回旋着，把石子儿或树枝投下去，想要把大海填平。

大海奔腾着，咆哮着，露出**雪亮亮**的牙齿，凶恶地嘲笑着："小鸟，算了吧，你这工作就算干上一百万年，也休想把大海填平呢。"

精卫在高空答复大海："哪怕是干上一千万年，一万万年，干到宇宙的终结，世界的末日，我也要把你填平！"

"你为什么恨我这样深呢？"

"因为你呀——你夺去了我年轻的生命，将来还会有许多年轻无辜的生命，要被你无情地夺去。"

"傻鸟，那么你就干吧——干吧！"大海哈哈地大笑着。

精卫在高空**悲啸**着："我要干的！我要干的！我要永无休止地干下去的！你这叫人痛恨的大海呀，总有一天我会把你填成平地！"

她飞翔着，呼啸着，离开大海，又飞回西山去，把西山上的石子儿和树枝衔来投进大海。她就这样往复飞翔，从不休息，直到今天她还在做着这种工作。

蝴蝶泉

蝴蝶泉，泉水清澈如镜。每年的三四月份，成千上万的蝴蝶从四面八方飞来，在泉边漫天飞舞。蝶大如巴掌，小如铜钱。无数蝴蝶还钩足连须，首尾相衔，一串串地从大合欢树上垂挂至水面。五彩斑斓，蔚为奇观。关于蝴蝶泉的来历，还流传着一个动人的神话故事。

苍山是大理有名的地方，很久以来，在人民中间流传着许多关于它的**美丽动人**的故事。

苍山有十九峰，其中的一个叫云弄峰。云弄峰有一潭清澈的、约有两三丈宽的水泉，宽宽的树丛，团团地庇护着它；茂盛的枝叶，斜斜地**横盖**在泉顶的上空，每年三四月间树木开花的时候，青青的柔枝上满布着淡黄色的小花。这泉有一个奇怪而美丽的名字，人们叫它"蝴蝶泉"。关于蝴蝶泉这个名字的来源，有着这么一个故事：

这个泉本来并不叫蝴蝶泉。早先，因为它异常**清澈**，泉水经年不断，从来也没有人知道它有多深，而且也看不见它的

底，所以附近的人都叫它"无底潭"。

无底潭边住着姓张的农家，只有父女两人相依为命。张老头儿终日在田里勤劳地耕作，他的汗珠不断流着，几十年来一直淌在那仅有的三亩田里。

他的女儿雯姑，有十八九岁。她的容貌，即使是花儿见到了也要**自愧不如**。她的眼睛像星星一样明媚晶莹；她那墨黑的头发，像垂柳一样又细又长；她的双颊像苹果似的鲜红。她非常善良，她的心就像泉水一样纯洁。她白天勤劳地帮助父亲种田，晚上纺纱织布。她那两只灵巧的手织出来的布，任何一个姑娘都比不上。她勤劳和美丽的名声，远远地传播到了四方。少女们把她的行动看作自己的榜样；小伙子们连做梦也想得到她的爱情。

云弄峰上住有一个名叫霞郎的青年樵夫。他无父无母，一个人过着孤苦的生活。他的勤劳任何人也赶不上，他的聪明灵巧甚至赛过古时候的鲁班大师。他的歌喉**美妙无比**，歌声像百灵鸟一样婉转，像夜莺一般悠扬。每当他唱起歌来的时候，山上的百鸟都会沉静下来，连松树也不再沙沙作响，好似世上的一切，都在默默地倾听着他那美妙动人的歌声一样。

每隔六天，霞郎就要背柴到城里去卖，来来往往都要经过无底潭边。霞郎也和别的青年一样，深深地爱慕着雯姑，每次经过她家的时候，都会**情不自禁**地向她偷偷地望上几眼。

雯姑也一样爱慕着霞郎，每当他唱着歌走过潭边，她都要停止纺织，伏在窗棂上温情地注视着他，倾听他那娓娓动听的歌声。

日子一天一天地过去了，这两个青年人的心坎里产生了纯真的爱情。

有一次，在一个月明的夜晚，雯姑在潭边遇见了霞郎。在浓荫里，在柔美的月光下，他俩倾吐了爱情。从此无底潭边就常常有了他们的身影，树荫下也常常留下他们双双的足印。

苍山下的俞王府里，住着**凶恶残暴**的俞王。他是统治苍山和洱海的霸主，是压迫、剥削人民的魔王。若干年来他独霸着苍山和洱海，他的一草一木，都浸透了人民的血泪。他豢养着许多士兵和狗腿子，镇压人民，屠杀人民。人民对俞王的仇恨，比苍山还高，比洱海还深。

俞王也听到了雯姑美貌的名声，他打定了主意要抢雯姑去做他的第八个妻子。

俞王带着他的狗腿子们来到无底潭，打伤了年迈的张老头儿，把雯姑抢到了俞王府。

俞王像狗一样地流着口水对雯姑说道："我府里有无数的金银财宝，吃不尽的山珍海味，穿不完的**绫罗绸缎**，只要你答应做我的妻子，我保你一辈子享受荣华富贵。"

雯姑毫不理睬他，**鄙夷**地说道："我早就爱上砍柴的霞郎了，不管你有多少金银财宝，你也买不动我爱霞郎的心。"

俞王发怒了，说道："哼，我俞王势力比天高，沐家封过我永世为王。我跺跺脚天会动、地会摇，难道我还比不上那砍柴的霞郎。假若你不听我俞王的话，你逃不出我的手掌。"

雯姑一点儿也不害怕，坚决地说："不管你威风比天高，不管你跺脚天动地也摇，我爱霞郎的心哪，就像白雪峰上的雪永

远不变。你想要我答应你，那是做梦。"

这样，经过了三天三夜，俞王用尽了威胁和利诱的手段，一丝一毫也动摇不了雯姑坚贞的心。俞王**恼羞成怒**，叫狗腿子们把雯姑吊起来，想用苦刑强迫雯姑答应。

这天，霞郎怀着兴奋和期待的心情，来到无底潭边和雯姑相会，可是他见到的不是雯姑的笑脸，而是雯姑家里的一片凌乱。将死的张老头儿挣扎着对他说完了雯姑被抢的情形，就死去了。

痛苦和仇恨燃烧着霞郎的心，他草草埋葬了张老头儿，抓起斧头，**气势汹汹**地朝俞王府奔去。

黑夜里，霞郎翻过俞王府的高墙，在马房里找到了被高吊着的雯姑。他用斧头割断了绳索，扶着雯姑逃出了俞王府。雯姑和霞郎在漆黑的道路上急奔，俞王带领着恶狗和士兵在后面紧紧追赶。他们逃上了高山，俞王追上了高山；他们逃下了深谷，俞王追下了深谷。俞王**耀武扬威**地在后面大喊道："任你们上天入地，休想逃得出我的手掌心。"

雯姑和霞郎逃到了无底潭边，俞王的狗腿子们紧紧包围着他们，要他们跪下投降。

这时，雯姑和霞郎紧紧地拥抱着，他们用冷眼回答着俞王的叫喊，纵身跳下了无底的深潭……

无底潭边的人们听到了这一对青年人的死讯，纷纷拿出武器打进了俞王府。

第二天，人们到无底潭准备打捞雯姑和霞郎的尸首，突然，无底潭的水翻滚着，沸腾了起来，潭心里冒起了一个巨大的水泡，水泡下有一个空洞，从水洞中飞出一对儿**五彩斑斓**、鲜艳美丽的蝴蝶，互相追逐着在潭边**翩翩飞舞**。一会儿，从四面八方又飞来了大大小小的蝴蝶，围绕着这一对儿蝴蝶在潭边和树下四处飞翔。

从此以后，人们给无底潭起了一个名字——蝴蝶泉。到了每年的三四月间，形形色色美丽的蝴蝶便飞来蝴蝶泉边，成群地上下飞舞。泉上和泉的四周，甚至**漫山遍野**，完全变成了彩色缤纷的蝴蝶世界，成为罕见的美丽奇景。

寒冰上的弃儿

姜嫄踏足迹怀孕生子，生下的孩子被人抛弃在小巷，牛羊给他喂奶，后来又被抛弃在荒野寒冰上，鸟用翅膀遮盖着他。取名叫"弃"，子孙尊称"后稷"。他教人们耕田种地，栽种五谷。尧得知，便请后稷做全国总农艺师，指导农业工作，大大推动了农业的进步。

古时候，有邰这地方有个年轻的姑娘，名叫姜嫄。

有一天，她到郊野去游玩，在回家的路上，偶然发现池沼边的湿地上有一个很大很大的巨人足迹，又是**惊异**，又是觉得好玩，便想用自己的足去踏在这巨人的足迹上，比一比差别究竟有多大。哪知道巨人的足迹太大了，她的足踏不满，刚刚踏到巨人足迹**拇指**的地方，就仿佛精神上受了一种什么触动，回来不久，就怀了孕，怀胎十月便生下一个小男孩，胖壮而**结实**，非常可爱。

这孩子生下来就很不幸，大约因为他是一个没有爸爸的孩子，人们看他不顺眼，便强行从他母亲怀里将他夺了过来，抛弃在狭窄的小巷里，以为这么一来他准会被过路的牛羊踩死了。可是说也奇怪，过路的牛羊不但没有踩死这个孩子，反而都来看顾他，给他奶吃。人们见他不死，又准备把他抛弃在森林里面，可是恰巧碰见有人来砍树，没有抛弃成功。最后，恼怒的人们**索性**把他抛弃在荒野的寒冰上，心想这么一来，不饿死也得把他冻死，可是又有天上的鸟们飞下来用翅膀遮盖着他，使他温暖。人们觉得奇怪，而且委实也软了心肠，便跑过去一看：鸟们飞走了，冻红的孩子正在寒冰上摆动着小手、小足呱呱地啼哭。人们没法可想，只得把他抱回来，还让他的母亲抚育着他。因为他曾经被抛弃过，就给他取个名字叫"弃"。这弃，据说就是后来周民族的祖先，他从小就喜欢农艺，长大后教人民栽种五谷的方法，所以他的子孙又**尊称**他"后稷"。

后稷小时候就有远大的志向。他做游戏，总是喜欢把那野生的麦子、稻子、大豆、高粱以及各种瓜果的种子采集起来，用小手亲自种到地里。后来五谷瓜豆成熟了，结的果实又肥又大，又甜又香，和野生的长得分外不同。等到后稷长大成人，他在农业上便积累了一些经验了。他开始用木头和石块制造了几样简单的农具，教他家乡一带的人们耕田种地。靠打猎和采集野果为生的人们，当人口繁多、食物不足的时候，生活的确时常出现困难。人们看见后稷在农业上的成就，也都渐渐地信服了他，于是**耕种**的事儿——这件新鲜的、有意义的劳动，就在后稷母亲的家乡有郜流传开来了，以至于当时做国君的尧都知道了后稷和他家乡人民的工作成绩。因此，尧就聘请后稷来做了全国的总农艺师，要他指导全国人民在农业方面的各种工作。后来舜继承尧做了国君，还把有邰这个地方封给后稷，做他和他的人民的农业试验场。

后稷有一个弟弟，叫台玺；台玺生了一个儿子，叫叔均。他们都是农业上的能手。叔均还发明了用牛力来代替人力耕种的方法，更把农业大大地推进了一步，从此人民的生活过得就更幸福了。

后稷死了以后，人民为了纪念他的**功劳**，就把他埋葬在一个**山环水绕**、风景非常美好的地方，这地方就是有名的都广之野，神人们上下往来的天梯建木就在它的附近。这真是一片肥沃的原野，各种各样的谷物在这里自然生长，米粒白滑得像脂膏，还有鸾鸟唱歌、凤凰跳舞种种奇异的景象。直到现在，山西闻喜县稷王山还出产一种五色石子儿，这些石子儿有像麦粒的，有像稻粒的，有像玉蜀黍的，有像西瓜子、南瓜子的，也有像豇豆、绿豆、刀豆的……种种形状，**无不毕具**。人们把这些石子儿叫作"五谷石"，据说，这就是后稷和他的母亲姜嫄教人民播种五谷遗留下的种子变成的。

舜感化了弟弟象

舜从小就失去母亲，爹爹又娶亲，后母带来了一儿一女，舜变成了后母的眼中钉，时常打压舜。舜最终逃离了家，来到了山脚下，在那里舜以自己的德行获得众人的喜爱。就在这时，尧帝老了，在天下到处找贤人，大家都推荐舜。这一下子舜成了尧帝的女婿，家人们十分嫉妒。千方百计想把舜害死，可舜有彩衣保护，怎么也害不死他。不管后母和弟弟象怎样害他，舜依然很孝顺。经过种种磨炼，尧终于把宝座传给了他。舜受封后，他封了个官给象，象的心灵受了很大的安慰。

尧帝在位的时候，妫（guī）水边上一个普通农民的家庭里，有天**诞生**了一个婴儿，取名叫舜。孩子生下来不久，妈妈就死了，瞎眼的爹爹瞽（gǔ）叟另外又娶了一个妻子，生了一个儿子，名叫象；又生了一个女儿，名叫系。家庭里从此常起风波，很不平静。

原来瞽叟是个**脑筋**糊涂、遇事不讲道理的人。正因为糊涂，便单单**宠爱**着后妻和后妻的儿女，而把前妻生的儿子舜看成了**眼中钉**。后母更是心胸狭小，泼辣凶悍，难惹难当。弟弟象的秉性也和后母差不多，非常粗野和骄傲，全然没有一点儿当弟弟的礼貌。只有小妹妹系，虽然也有些坏习性，究竟还稍稍有点儿人心，并不像天生的恶徒那么坏。

可怜的舜，常受父母的毒打。遇见还吃得消的小棍子，他就含着满眶热泪，用身体去承受；遇见实在吃不消的大棍子，他就只好逃避到荒野里去，向着苍天号啕痛哭，呼唤他那死去的亲娘……

舜在家里实在住不下去了，只好一个人单独分居到外面，在妫水附近的历山脚下，盖上一两间茅草屋，开了一点点荒地，孤单而愁苦地过着日子。

舜在历山耕种，没有多久，历山的农人受了他的德行感化，都争着让起田界来；舜又到雷泽去打鱼，不久，雷泽的渔夫也都争着让起渔场来；舜又到河滨去做陶器，说来也奇怪，不久，河滨陶工做的陶器都又美观又**耐用**了。

尧帝渐渐老了，开始寻访天下的贤人，准备把首领的位置禅让给他。大族长们都推荐舜，说舜既贤孝又有才干，可以作为备选。

于是尧就把他的两个女儿一个叫娥皇、一个叫女英的嫁给舜做妻子；又叫他的九个儿子和舜在一块儿共同生活，看看舜是不是真正有德行和才干。同时，尧又把细葛布衣裳和琴赐给舜，又叫人替舜修了几间谷仓，还给了舜一群牛羊。

原本是普通农民的舜，这下子做了尧帝的女婿，骤然间**显贵**起来了。

瞽叟一家人听见他们素来讨厌的舜平地升天，又富又贵，一个个嫉妒得**咬牙切齿**，万分难受。

家人当中嫉妒得最厉害的，要算是舜的弟弟象了。

原来舜的两个妻子，都很美丽，使象美慕万分。他总想设下一个什么圈套，把哥哥害死，夺过两个嫂嫂，做自己的老婆。象的母亲当然没话可说，完全同意儿子的打算。糊涂的瞽叟呢，对舜素来没有好感，又美慕舜的财产，也同意设法干掉他，并吞他的家财。

几个人像地洞里的老鼠一样，唧唧哝哝在家里商量了个通宵，暗害舜的圈套就这么定了下来。

"哥哥，爹叫你明天去帮他修一修谷仓，早点儿来呀！"一天下午，象到舜的家，这么说。

"噢，知道了，明天一定早来。"正在屋门前堆麦垛的舜，愉快地回答说。

象离开了，娥皇和女英从屋子里走出来，问舜是什么事。

"爹要我明天一早去帮他修谷仓。"舜告诉她们说。

"你可不能去呀，他们要烧死你呢。"

"怎么办呢？"舜惶惑了，"爹叫做的事，不去也是说不过去的呀！"

娥皇和女英想了一想，说："不要紧，去吧，明天你把旧衣服脱下来，我们另外给你一件新衣服，穿了去就不怕了。"

到第二天，她们从嫁妆箱里拿出一套五色斑斓、画着鸟形彩纹的衣服来给舜穿上。舜穿了这身花衣服，就去给父亲修谷仓。

恶徒们看见舜穿了花衣服前来送死，暗暗好笑，可是表面上还装得假意殷勤。

他们欢欢喜喜地接待着舜，替他扛了梯子，引导他到一座高高的、菌子形的、朽坏的谷仓上面去。

舜沿着梯子，爬上谷仓顶，**老老实实**地在那里干起活儿来。

恶徒们按照预先安排好的计划，马上抽掉他的梯子，在谷仓下面，有的堆柴火，有的寻火把，要烧死他们共同嫉妒的人。

"爹爹，爹爹，你们这是在干什么呀？"站在谷仓顶上下不来的舜，看见这种凶险的景象，惶恐极了。

"孩子，"舜的后母恶毒地应声说，"让你上西天去呀，去和你那亲娘住在一块儿呀，哈哈，哈哈……"

"哈哈，哈哈，哈哈……"瞎眼爹也点头摆脑地、毫无心肝地傻笑着。

象一面在下面点火，一面开心地大笑："哈哈，哈哈……这一下你可逃不了了——我看你还能飞上天去！"

谷仓的四周，熊熊的大火已经燃烧起来，舜在谷仓顶上惊慌万分，满头大汗。当他向恶徒们呼喊求助无用的时候，他只得张开两只手臂，向着头顶上的青天高呼："天哪！……"

说也奇怪，就在这一张开手臂，露出新衣服上全部鸟形彩纹来的顷刻，舜在火光和烟焰当中，变成了一只大鸟，嘎嘎地鸣叫着，直朝天空飞去。

恶徒们一见这种意想不到的变化，一个个都在下面惊得**目瞪口呆**，半晌不能动弹。

一次阴谋失败，恶徒们还不甘心，又布置下第二次阴谋。

这一回是瞎眼爹亲自出马。"儿呀，那回事情一家人真是做得万分糊涂，请你务必原谅……"瞎眼爹坐在舜的家门前，用手里的竹棍敲着阶沿石，老着脸皮这么说，"现在爹又要劳你去帮忙淘一淘井，你可一定要来，别多心哟！"

"爹放心，明天我一定来。"舜温和地说。

爹离开了，舜把爹的来意告诉了他的两个妻子。妻子们都向他说："这一回也还是**凶多吉少**。但是，不要紧，你去吧。"到第二天，她们给舜一件画着龙形彩纹的衣服，叫他穿在旧衣服里面，到了危急时候，只需要脱去旧衣服，自然就有奇迹发生。

舜照着妻子们的**嘱咐**，把龙纹衣服穿在旧衣服里面，去给瞎眼爹淘井。恶徒们一见舜穿的并不是奇装异服，都暗暗称心，以为这一回倒霉的舜是必死无疑了。

舜带着工具，让人用绳子吊着，下到深井里面去。哪知道刚一下去，绳子就被割断了，接着，不由分说，乒乒乓乓地一阵乱响，石头、泥块从上面倾倒下来。曾经吃亏上当而变得机警的舜，赶忙脱去了外面的旧衣服，变成一条披着鳞甲、**银光闪闪**的游龙，钻进地下的黄泉去，逍遥自在地浮游着，然后从另外一眼井里钻了出来。

恶徒们填满了井，在井上用脚踏着，蹬着，欢天喜地地大叫大跳着，以为仇人终于毙命，大功终于告成。一家人闹闹嚷嚷，去到舜的家，准备接收他的老婆和财产。小妹妹系也跟了去看热闹。

凶信报到，不知道是真是假，两个嫂嫂都掩了面，转身回到后面的屋子里去悲哀地号啕。得意忘形的弟弟象却正在堂屋里和爹妈商量着分配"死人"的财产。

"主意本来是我出的。"象张开他那张丑陋的蛤蟆形的嘴巴，**指手画脚**地说，"照理财产我该多得一份，可是我什么都不要，牛羊分给爹妈，田地房屋也分给爹妈，我只要死人的这张琴，这把弓，和两个嫂嫂……嘻嘻……"

于是象就从墙上取下舜的琴来，心满意足地、**琤琤琮琮**（chēng chēng cōng cōng）地在那里弹奏着。

老太婆和瞎老头儿欢喜得在屋子里团团转，摸摸这个，看看那个。

屋子后面，"寡妇"们的哭泣声更加**哀恸**（tòng）了。

这悲哀的哭声，终于激发了小妹妹系的良心，使她觉得家里人做的事未免太凶残和卑鄙了，而自己见死不救，也是卑鄙可耻的。她正在这样想时，忽然间看见舜从外面像平常一样神色自若地走进屋子里来。

这突如其来的死而复生的舜，使屋子里的众人都骇得怔了半晌。最后，当大家断定舜确实是人而不是鬼，恢复了常态之后，那坐在舜的床上弹琴的象才脸色讪讪地、很不开心地说："哥哥，我正在想念你，很忧闷呢。"

舜说："是呀，我知道你正在想念我呀！"此外再也没有说什么。

天性笃厚的舜，经过这两次事情，对待爹妈和弟弟，还是像先前一样地孝顺友爱，并没有因此而有所改变。倒是本来有些坏习性的小妹妹系，经过这两次事情之后，竟痛悔前非，和哥哥嫂嫂都真诚地和好了。

痛悔前非的小妹妹系，从此以后，就经常注意家里人的行动，生怕他们又玩出什么花样来暗害哥哥嫂嫂一家人。

事情正如她所料，恶徒们害不死舜，总不甘心，又想出新的阴谋。这阴谋就是假意请舜来喝酒，灌醉他后，再把他杀死。

小妹妹系**侦察**清楚了这个阴谋，就赶紧悄悄跑去报告给两个嫂子知道。

嫂子们听了都笑着说："谢谢你……好，你回去吧，我们自有办法对付他们。"

不多一会儿，那请客吃酒的象果然**摆摆摆摆**地来了，向舜说明来意："以前两回事情实在对不住，这回爹妈特地备办了点儿酒菜，向哥哥表示歉意，请哥哥一定要赏脸，明天早点儿过来。"

象走了以后，舜又愁着了，"怎么办呢？"他向他的年轻的妻子们说："去好呢还是不去好呢？——不知道他们又在玩什么鬼花样啊！"

"怎么不去呢？"妻子们都说，"不去爹妈又要见怪了——去吧，不要紧。"

她们说着，就走进屋子去，从嫁妆箱里拿出一包药粉来，递给舜说："这药拿去，和上狗屎，洗个澡。明天你去喝酒，包你不出事。——厨房里水已经替你烧好了。"

舜听了妻子们的话，果然拿狗屎和药，仔仔细细地洗了个澡。到第二天，舜穿上一身干净衣服，便到爹妈家赴宴去。

恶徒们假意殷勤，欢欢喜喜地接待着舜。摆上了丰盛的酒食，大家坐下来喝酒。磨得锋利的板斧已经预先藏在门后；筵席上呢，却是一片"干杯啊，干……干……"的劝酒欢笑声。

大盅和小杯，舜拿到手里，总是一饮而尽，从不推辞。一盅又一杯，也不知喝了多少盅、多少杯了，一直喝得这些劝酒者都有些颠三倒四，说话不大灵便了，舜还**直挺挺**地坐在那

里，像没那回事一般。

最后，几个酒坛子都已经喝空，菜肴也已经吃光，再也拿不出什么东西来待客了，恶徒们才**眼睁睁**地看着舜抹了抹他的嘴唇，很有礼貌地向他们告辞，扬长而去。只剩下门后那把没有使用的板斧在发射出嘲笑的寒光。

从女儿和儿子们的报告里，尧认为舜的确是名副其实的既贤孝又有才干的青年，可以传位给他。传位以前，还对他进行了一番考试。

这考试就是把他放到一个雷雨将要到来的大山林里去，看他单独一个人用什么法子走出这座山林。

舜行走在大山林里，全没一点儿恐惧。毒蛇见了他便远远地逃开，**虎豹豺狼**见了他也不敢侵害。一会儿，暴风雷雨来了，森林里一片墨黑：又是霹雳，又是闪电，又是倾盆的大雨，四周都是像精怪一般披着头发、张开手臂的树，简直分不出东西南北。可是勇敢智慧的舜，在这片千奇百怪的森林里行走着，行走着，既不害怕，也不迷惑。最后，他终于沿着来时的道路，走出了这座山林。

经过了最后的这场考试，尧就把首领的位置禅让给了舜。

舜做了国君之后，坐了马车，打了首领的旗号，回家乡去拜见他的父亲瞽叟，还是像从前一样地**恭敬孝顺**。瞎眼爹到这时候才知道儿子真是一个好儿子，以前种种都是自己糊涂犯下的错误，也就真心诚意地改过向善，和儿子和解了。

舜见了父亲，又把**桀骜难驯**的弟弟象封到叫有鼻的地方去做诸侯。象受封以后，觉得哥哥真是仁爱宽大，心灵上受了深切的感动，从此也渐渐把他那恶劣的习性改掉，成为一个有用的好人了。

舜做国君的几十年中，也像尧一样，做了很多有利于人民的事情。舜的晚年，到南方各个地方去巡视，中途死在苍梧之野，噩耗传来，全国人民都十分悲哀。

他的两个曾经和他共患难的妻子，听到这不幸的消息，更是悲恸得连肝肠都要断裂了。

她们马上坐了车和船，到南方奔丧去，一路上伤心地哭泣着，眼泪像泉水般地奔涌。这些伤心的眼泪，洒在南方的竹林中，每根竹子上都挂着她们**斑斑点点**的泪痕，所以后来南方便有了斑竹，又叫"湘妃竹"。

她们走到湘水，不幸风波起来，弄翻了船，她们就淹死在江中，成了湘水的神。

舜死了以后，人们把他的尸骨，用瓦棺装殓着，埋葬在苍梧的九嶷山的南面。

在九嶷山的山脚下，每年春秋两季，人们会看见一头长鼻大耳的巨象，来耕舜的祀田。大家心里都很奇怪，不知道这究竟是从哪里来的怪动物，为什么要不辞辛苦地来到这里替舜耕田。直到有一年，人们看见一个从远方来的黑胡子男人跪在舜的坟墓前哀哭，哭着哭着这男人就变成了一头象，跑下山去替舜耕起田来了，大家才知道这黑胡子男人就是舜的弟弟象，由于**忏悔**以前的过失，才变化成一头真的象来替哥哥耕田。

象去世了以后，人们便在坟墓的附近造了一座亭，叫"鼻亭"，亭里供奉着象的神主，叫"鼻亭神"。这一对儿**同父异母**的兄弟，从此以后就相亲相爱地住在一起，永不分开了。

鲧和禹治理洪水

在上古时代，中国闹过一次大水灾。鲧（gǔn）与禹父子两代人为了消除水灾，让人们免受洪灾之苦，想尽办法，历尽艰辛治理洪水。鲧借助神力偷出天帝的宝物——息壤，赶退了洪水，却付出了生命的代价。鲧死后，尸体三年都没腐烂。一天，从鲧的肚子里钻出了他的儿子大禹。大禹决心继承父亲的遗志，完成拯救人类的事业。经过多年的苦战，大禹终于将洪水彻底治服。

尧真是一个不幸的帝王，大旱之后又有大水。

那时，全中国都遭受了洪水的灾害，情形凄惨，可怕极了。大地上一片汪洋，人民没有居住的地方，只得扶老携幼，东西漂流。有的爬上山去找洞窟藏身，有的就在树梢上学鸟雀一样做**窠巢**。田地浸没在洪涛里，五谷全被水淹坏。**飞禽走兽**因为大水没有地方藏身，竟来和人争地盘了。

做首领的尧看到大水为害，**忧心如焚**，但却想不出什么办法来解救人民的痛苦。

滔天的洪水是怎样发生的呢？据说是因为天帝看见下方的

人民做错了事，惹起他的恼怒，这才特地降下洪水来警告世人的。执行这个任务的，就是那个在女娲时代和火神打仗不胜、头触不周山、**死而复生**的水神共工。他得到这个大显身手的机会，真是高兴得很，不肯轻易放过，所以洪水一发，就淹了中国二十多年。

但是不管人民做错了什么事情，受了洪水的灾害总是痛苦的。他们在水灾和饥饿的煎熬中，吃没的吃，住没的住，要随时提防毒蛇猛兽的侵害，还要用衰弱的身子去和疾病抗争。在大洪水时代，那**悲惨绝望**的日子，是多么可怕呀！

天上有众多的神，他们对于人民所遭受的灾祸，都无动于衷。真心哀怜人民痛苦的，只有一个天神鲧。

这鲧，原是天上的一匹白马。他的父亲是骆明，骆明的父亲是黄帝，他便是黄帝的孙儿。祖父既然是统治宇宙的天帝，孙儿当然也就是天上的一位显赫的天神了。

鲧对祖父这种虐待人民的措施，非常不满。他一心想把人民从洪水中救出来，使他们仍旧过平安快乐的日子。他曾经不止一次地向他的祖父请求、劝谏，想得到祖父的同意，赦免人民的过错，把洪水收回天庭。但是固执的天帝，并没有理会鲧的话，反而给了他一顿申斥。

恳请和**劝谏**无用，鲧决心自己想办法来平息洪水，为人民解除痛苦。可是滔天的洪水，泛滥了整个中国，能用什么法子去平息它呢？他虽然有神力，但还是很难想出好办法。因此，心里时常忧闷不乐。

一天，鲧正在愁闷当中，恰巧有一只猫头鹰和一只乌龟互相拖拉着走过来，问鲧为什么不快乐。鲧就把不快乐的缘故告诉了它们。

"要平息洪水，并不是难事呀！"猫头鹰和乌龟齐声说。

"那怎么办呢？"鲧**急切**地问。

"你知道天庭中有一种叫'息壤'的宝物吗？"

"听说过，却不知道究竟是什么东西。"

"'息壤'就是一种生长不息的土壤，看上去也没有多大一块，但只要弄一点儿来投向大地，马上就会生长增多，积成山，堆成堤，用这宝物来埋塞洪水，还怕洪水不能平息？"

"啊，那么这宝物藏在哪里，你们知道吗？"

"这是天帝的至宝，它藏的地方，我们哪能知道？——你难道想要偷它出来？"

"是的，"鲧说，"我决心这么办了！"

"你不**惧怕**你祖父严酷的刑罚？"

"随他吧。"鲧忧郁地笑了一笑。

被天帝当成至宝的息壤，不用说是藏得很严密，并且定然还有勇猛的神灵看守的。可是一心想要拯救人民的鲧，终于想出办法，把息壤偷到手了。

鲧得到了息壤，马上去到下方，替人民埋塞洪水。这东西果然灵妙，只要少许，就可以积山成堤，叫汹涌的洪水没法逞凶，还叫它在泥土中干涸。

看哪，洪水在大地上渐渐消失了它的踪迹，出现在眼前的是一片起伏的新的绿野。住在树梢上的人民从窠巢中爬出来，住在山岗上的人民从洞窟中走出来，他们**枯瘦**的脸上都再度展开了笑容，他们的心里都**腾跃**着对鲧的感谢和欢呼，他们又都准备着在这苦难的大地上重建新的基业。

正在这个时候，一件非常不幸的事情发生了。

原来息壤被窃的事，给统治全宇宙的天帝知道了。他痛恨天庭出了这样的叛徒，更痛恨家门出了这样忤逆的儿孙。他非常愤怒，毫不犹疑地派了火神祝融下去，把鲧在羽山杀死，夺回了剩余的息壤。洪水因此又蔓延开来，泛滥在大地各处，人民的希望成空，仍然被困在寒冷和饥饿里，既悲哀鲧的牺牲，更悲哀他们自己的不幸。鲧被**杀害**的地方，叫"羽山"，在北极之阴，是太阳照不到的地方。山的南面是雁门，那里有一条神龙，叫"烛龙"，人的脸，龙的身子，全身从头到尾，一共有一千多里长。它从盘古开天辟地起，就守在这里，嘴里衔了一支蜡烛，用来代替日光，照耀北极的阴暗。世间传说的可怕的幽都，大约就在羽山的附近。我们可以想象这里的凄惨和荒凉——这就是鲧为人民牺牲生命的地方。

鲧被杀害后，因为他偷息壤平洪水的志愿没有达到，所以他的精魂还不曾死，还保全了他的尸体，经过三年之久，都没有**腐烂**。不但这样，他的肚子里还逐渐孕育着新的生命，这就是他的儿子禹。他把他自己的精血和心魂一齐都喂养了这条小生命，要他将来继续去完成他的事业。禹在父亲的肚子里生长着、变化着，三年之中已经具备种种神力，甚至超过了他的父亲。

鲧的尸体三年不腐烂，这件奇事给天帝知道了，天帝大惊，怕他久后会变成精怪，来和自己捣蛋，便又派了一个天神，带了一把叫"吴刀"的宝刀下去，把鲧的尸体剖开。

天神奉命行事，到了羽山，就用吴刀来剖开鲧的尸体。

可是在这时候，更大的奇事发生了：从鲧被剖开的肚子里，忽然跳出一条虬（qiú）龙，头上生了一对儿尖利的角，**盘曲**腾跃，升上了天空。这条虬龙就是鲧的儿子禹。虬龙禹升上天空以后，鲧被剖开的尸体也化为了一条黄龙，跳进羽山旁边的羽渊去了。

这跳进羽渊去的黄龙，只是一条普通的、没有神力的龙，他的全部神力，都已经传给他的儿子了。自从他进了羽渊之后，便再也没听说他的消息了。他悄悄地在那里活着，他存活着的唯一意义，就是要亲眼看见他的儿子**继承**他的事业，把人民从洪水里拯救出来。

他的儿子并没有让他失望，新生的虬龙禹具有很大的神力，怀着很大的心愿，要继续完成父亲的功业。

鲧肚子里诞生了禹的这回事，很快又被天帝知道了。那高高地坐在宝座上的天帝，听到这消息，真是非常吃惊。叛逆者假如有了叛逆的道理，那么他那反抗的意志，是谁都消灭不了的。剖开鲧的肚子可以诞生禹，怎知道剖开禹的肚子会不会又诞生别的更神奇的生物呢？

由于这个缘故，天帝也就渐渐悔悟到用洪水来处罚人民，未免太**残酷**了。那个新诞生的虬龙禹，实在也很不好惹。当禹按照预定的计划，向天帝说明拯救人民的理由，请求将息壤赐给他的时候，经验丰富的天帝，便马上答应了他的请求，不但把息壤赐给他，还干脆任命他到下方去治理洪水。为了禹工作的方便，天帝还派曾经杀蚩尤立大功的应龙去帮他的忙，这真是禹所没有想到的。

禹受了天帝的任命，带了应龙，去到下方，开始做平治洪水的工作。

可是这一来，却**惹恼**了水神共工，因为洪水原是天帝命令他降下来惩罚人民的，正是他大显神通的好机会，现在手段还没有完全施展，又叫他把洪水收拾起来，这怎么行呢？而且禹那小孩子知道什么呢？天帝答应禹的请求，也让他很不服气。

他下定决心，偏要出来和禹捣一捣乱。

于是他就把洪水从西方**掀腾**起来，一直淹到空桑。空桑在如今山东曲阜，已经要算中国极东的地方了，可见当时中原一带，都又已经变成了泽国。可怜的人民，为了水神的一怒，又不知道有多少人在洪涛里化为了鱼虾！

禹看见共工这样**横蛮**，知道用道理说服是不行的。要尽早平息洪水，必须先除去掀腾洪水来祸害人民的罪魁，因此禹决心和共工一战。

为了对付可恶的共工，禹就学他的曾祖父黄帝，在会稽山会合天下群神。那时大家都到齐了，只有防风氏后到，禹怪他不遵守号令，就把他杀掉。——过了一两千年，到春秋时期，吴王和越王打仗，把越王围困在会稽山。吴军从打毁的山上发掘出一节骨头，不是人类的骨头，也不是野兽的骨头，那骨头之大，须用整部车子才能装下，大家都不认识。去请教博学的孔子，孔子才说出这就是被禹所杀的防风氏的骨头。从这个故事中，我们可以想象禹的神力和威权有多么大。

禹**率领**天下群神和共工开战，共工当然不是禹的对手，所以不久就被禹赶跑了。

禹赶跑了共工，这才开始他治理洪水的工作。

他叫一只大黑乌龟把息壤背在背上，跟随在他的后面。他随时把一小块一小块的息壤取来投向大地，这样就把极深的洪泉填平了，把人类居住的地方加高了；那特别加高起来的，就成为我们今天四方的名山。

禹知道，治理洪水，单是用**堵塞**的办法还不行，因此另一方面，他又率领人民来做疏江导河的工作。

他叫应龙走在前面，拿它的尾巴画地，用应龙的尾巴指引方向，禹所**开凿**的河川的道路就跟着它走。这样，就把洪水引导到东洋大海，成为我们今天的大江大河。

禹治理洪水，直到三十岁，还没有结婚。当他走到涂山（如今浙江省绍兴市西北）的时候，他心里就想："我的年龄已经很大了，应该结婚了，有没有什么东西来寓示我呢？"正在这样想的时候，果然，就有一只有着九条尾巴的白狐狸来到

禹的面前，使禹想起当地的一首民间歌谣——

谁见了九条尾巴的白狐狸，

谁就可以做国王；

谁娶了涂山氏的女儿，

谁的家道就兴旺。

禹便娶了一个涂山氏的女儿做他的妻子，这个女人名叫"女娇"。他们便在台桑这地方结了婚。

结了婚的禹，也并不坐在家里享福，还是在外面**劳碌奔波**，为人民谋幸福。他的新婚妻子也跟着他在一起。

有一次禹为了治洪水，要打通轩辕山，急切间想不出办法，便化为一头熊，想用自己的力量来凿山开路。

他变熊的时候，不凑巧被他的妻子看见了，她想不到自己的丈夫竟是一头熊，恐惧得赶快回身就逃走。

禹看见妻子跑了，也跟在她的后面追赶，想向她解释误会。

禹在慌忙中忘记了变回原形，他的妻子看见追赶来的还是一头熊，心里更是害怕，脚下也就跑得更加快。

他俩这样一逃一追，一直跑到嵩山的脚下。

禹的妻子急得没法儿，也就摇身一变，化成了一块石头。

禹见妻子化为石头，不理他了，又急又气，便向石头大叫道："还我的儿子来！"

石头便向北方**破裂**开，生了一个儿子，名叫"启"。"启"就是"裂开"的意思。

经过许多艰难和困苦，洪水终于被禹治理平息了。禹平治了洪水，使人民安居乐业，过上幸福的日子，人民都感激他的功德，万国诸侯也都**敬畏**他。那时尧帝已把国君的位置禅让给了舜帝，而舜帝年纪也渐渐老了，大家就拥戴禹继承舜帝的位置，他便做了首领。

他在位的时候，替人民做了许多有益的事。后来他到南方去**巡视**，走到会稽，生病死了，群臣就把他埋葬在那里。

也有人说禹并没有死，只是留下了**尸骸**，他的本体却飞升上天，仍旧成了神。

不管怎样，如今会稽山还可看到一个大孔穴，称为"禹穴"，据说就是埋葬禹的地方。

阿里山

据说，现在草木繁茂、舒适宜人的阿里山，在以前其实是一座秃山。这秃山寸草不生，直到发生了一件传奇的事情，才使它焕发生机。秃山上的小伙子阿里，为了救两个女子，打了老寿星，激怒了玉帝。玉帝下令让雷神用雷火烧死他，阿里主动到秃山引雷，他死后，那秃山却开始生长植物。

在台湾嘉义县的东面，有一座海拔三千多米的高山，名叫阿里山。山上到处生长着一片片原始森林，台湾盛产的三件宝——大米、甘蔗和樟树，其中的樟树就大部分生长在这里。这儿，一年四季**花香鸟语**，是台湾有名的**游览**胜地。特别引人注目的是半山腰上的一棵齐天高的大桧（guì）树。据说，这棵桧树年龄有三千多岁，所以人们都管它叫"神木"。

从前，阿里山叫"秃山"，因为它浑身上下不长一棵树、一棵草、一朵花。那么，这座秃山是怎样有了树木和花草呢？又为什么改名叫"阿里山"呢？当地**流传**着这样一个故事。

从前，在这座秃山北面的一个沟岔上，住着一个靠打猎为生的小伙子，名叫阿里。有一天，阿里在北山坡上打猎，突然，看见山下有一只吊睛白额大老虎，正在追赶两个采花姑娘。阿里急忙从山坡上跑下来，一下跳到虎背上，手起刀落，只听"咔嚓"一声，老虎脑袋被砍落在地上。两个采花姑娘得救了。他刚要回北山坡上打猎，又见从天上落下来个手拿龙头拐杖的白胡老头儿，老头儿一边笑，一边拽着两个姑娘的胳膊往南山坡上拉。阿里是个见义勇为的人，他见这两个姑娘刚脱离虎口，又遭到这坏老头儿的戏耍，心里燃起阵阵怒火。他大喝一声："住手！"就一个箭步冲到那个坏老头儿的面前，夺下龙头拐杖，照着那老头儿的前额狠狠打了一下。那老头儿的前额立刻起了个大疙瘩。他痛得大喊一声，放开那两个姑娘，一甩袖子，向空中飞去，一转眼，就不见了。没过多久，晴天响起了雷声，那雷声由远而近，越来越大，只见那两个采花姑娘吓得浑身乱战，她们焦急地说："坏事了！坏事了！"

阿里奇怪地问："这是怎么回事？"

两个姑娘说："我俩本是天宫的仙女，听说岛上风景优美，就偷偷来到这里。不想，遇见了恶虎，多亏你救了我们俩的性命。谁知，由于贪恋美景，误了时辰。玉帝派老寿星下来捉拿我俩回天宫治罪。我们害怕玉帝的刑法，不想回天宫。正在老寿星拉我们的时候，你却跑过来把他打跑了。他把这件事告诉了玉帝，玉帝震怒，下令让雷神用雷火烧死这一带的生灵呢！"

阿里听她俩这么一说，吃惊不小："难道就没有什么办法，搭救这一带的生灵吗？"

两个仙女说："只要有豁上性命的人，跑到南面那座秃山顶上，把雷火引开，使雷火不能蔓延，就能保住这一带的生灵了。阿哥你远远躲开，我俩到秃山顶上去引雷火吧。"

阿里摇着头说："不，老寿星是我打的，祸是我惹的，还是让我去引雷火吧！"他说着，就拿着那个龙头拐杖，急忙向南边的那座秃山上跑去。他心急跑得快，不大一会儿，就登上秃山的山顶。他仰起头来，朝着天空高声喊道："雷神哪！老寿星是我阿里打的，那两个仙女是我阿里保护的，祸是我阿里惹的，与别人无关！你那雷火，朝我阿里身上击吧！"

这时，雷神正好来到秃山上空。他举起雷钻和闪锤，只听"轰隆"一声响，一个响雷把阿里的身体击个粉碎，雷火在秃山顶上熊熊燃烧起来。雷神转身到天宫交差去了。因为这座山上没有树木和花草，雷火还没燃烧到半山腰，就自己熄灭了。

阿里虽然被雷火击死了，他死后，这座秃山的漫山遍野，却长出了一片片树林。人们都说，这些树木，是阿里被雷火击碎了的皮肉和头发变成的。那棵神木呢？就是老寿星的那根龙头拐杖变成的。那两个仙女，见到这种情景，感动极了，两个人合计了一下，说："阿里阿哥是为咱们俩和大伙儿死的，他死后，皮肉、头发都变成了树木，为人们造福。我们俩就变成花草，好给阿里阿哥做伴，也能为人们造福。"

从此以后，这座秃山才有了树木和花草。人们为了纪念这个舍己为人的好后生，就把这座山改名叫阿里山。

神农创耒

神农创制的耒，是最古老的农具，耒阳也因为是神农创耒之地而得名。耒耜现在看起来很简单，但在当时却是了不起的创新，耒的出现大大提高了耕作效率，增加了农业收成，推动了人类社会的发展。神农创耒的传说讲述的就是耒的形成和发展。

远古时代，人们茹毛饮血，居无定所，常常**饥寒交迫**。神农被拥戴为南方各部落联盟首领之后，下决心改变这种状况。他遍游天下，广尝百草，发现稻、黍、稷、麦、菽五谷，可以种植，定期收获，于是向人们广传五谷种植技术。没过多久，人们纷纷向神农报告，因土地板结，种植的五谷往往会**枯萎**。人们用手挖，用石块铲，终无显效。

为了找到对付板结土块的良方，神农率领得力助手垂，溯湘江而上，登上了雄伟的衡山，耳听八百里气息，眼观千里外风光。一阵**欢声笑语**传来，神农看到了一条神奇的河，有一节首尾欲接而未接。那儿一派祥和景象，令神农大为开怀，立即与垂径奔而至。这个地方后来叫"金线吊葫芦"。

这天**风和日丽**。女的在烧火做饭，男的在抓鱼捉虾。最吸引神农目光的，是一个中年汉子，他正用一根木棍撬开石块，捉出一只又一只肥蟹。神农走过去，接过木棍，连撬几块石头，发现比用手扳省力多了。神农随手把木棍往土块上一插，再一撬，那板结的土块立即松散开了。

神农大喜过望，立即叫垂和那捉蟹的中年汉子一起过来，研究用木棍撬土之法。几经试验，他们发现略弯曲的木棍比直木好使，下端尖利的木棍更易入土。这时，几只肥蟹舞着大钳，一会儿就在泥土中扒了一个洞。神农灵机一动，如果木棍下端也做成蟹钳一样的尖叉，松起土来一定更顺畅。很快，耒耜的雏形就创造出来了。人们发现创制耒耜的非凡人物是仰慕已久的神农时，一齐**欢呼雀跃**地说："神农，神农，您是上天派来拯救生民的神农吗?"

为了制造更多的耒耜，中年汉子和他的伙伴们**自告奋勇**地进入一座座深山老林，去寻找大小长短合适的曲木。但面对一大堆不规则的木料，扳来压去，就是做不成满意的耒。

神农一时无策，信步来到做饭的灶火前，见一位大嫂把湿木塞进火里，那湿木在大火烘烤下自然弯曲了。神农立即叫垂架起火堆，一边烘烤木材，一边按人的意愿使它弯曲，一柄漂亮适用的耒造出来了。神农亲自使用耒耕作，并不断改进，不但定准了耒的长短尺寸，还把下端尖叉削成上宽下窄的锋面耜。耒总长六尺六寸，底部长一尺一寸，中间直的部分三尺三寸，弯曲的部分二尺二寸，耒下面向前弯曲的部位接耜。这一规格刚好适宜身高七尺的男人，男人们使用起来得心应手。在

神农的领导下，一柄柄规范的耒耜制造出来了。中年汉子和垂分头走遍大江南北，广传耒耜的使用方法和五谷种植技术，使江南成为古代农业最发达的地区。

为了纪念这一伟大创举，更因为这段河流很像耒的底部前曲的形状，神农遂将这条神奇的河流命名为"耒水"，并加封为推广耒耜立下功劳的垂为"垂神"，中年汉子为"耒神"。到秦始皇统一全国，实行郡县制的时候，便将耒水**流域**的广阔地区命名为"耒县"，汉时改为"耒阳县"。具有五千余年悠久文明的耒阳，从一诞生得名起，就千古不变。耒阳民间几千年来一直使用的禾叉，就有古代耒的痕迹；农民对农具历来有种特别神圣的敬重感，每年开春都要先**祭祀**再下地耕作。兴建的神农庙（有的叫"药王菩萨庙"），中间神像为威武的神农像，左为垂神，右为耒神，年年香火鼎盛，其间凝聚了人们对神农创耒的无限感激之情！

伏羲降龙

伏羲为三皇五帝之一的上古帝王，为中华民族从野蛮时代走向文明时代做出了巨大的贡献，不仅成了神话传说，还被搬进庙宇进行供奉，许多地方还定期举行祭祀活动，体现了当代人民对伟人的敬仰之情。其中伏羲降龙这一神话故事就体现了伏羲为百姓对战黄龙的英勇无畏的精神，也让后世更好地了解伏羲。

伏羲是古代传说中的中华民族人文始祖，是中国古籍中记载的最早的王，是中国医药鼻祖之一，有伏羲降龙的千古神话。

很早以前，西边很远的大山里有个深水潭，人们都靠潭里的水浇地、做饭过日子。有一天夜里刮起了大风，刮得树倒屋塌。原来有一条黄龙从别处飞来，钻进了深潭里。它吃人吃畜

生，害得百姓往外地逃。

伏羲正在八卦台推算八卦，掐指算出这个事情。他拿起青龙拐杖，说声"变"，青龙拐杖变成了一条青龙。

伏羲骑着青龙来到深潭边，青龙又变成拐杖。伏羲从身上掏出个小铜锅，用火石打着火把柴草烧起来，这个小铜锅不是凡物，烧一个时辰能烧干四海的水。

黄龙顶不住，变个老头儿从潭里钻出来，指着伏羲问："我跟你没冤没仇，你为什么要来害我？"说着，还要同伏羲拼个你死我活。

伏羲说："小小恶龙，还不跪下认罪，看我要你的命！"

这时，老头儿现出了黄龙原形，张牙舞爪，口吐黑气，直向伏羲扑来。伏羲**不慌不忙**，拿起青龙拐杖迎了上去。这青龙拐杖是老天爷送给伏羲的，不管遇上什么妖怪，只要用它去打，没有打不过的。

黄龙不知道这拐杖的厉害，一个劲地往伏羲跟前蹿。伏羲一拐杖打在黄龙身上，打得它鲜血直流。黄龙害怕了，眼看斗不过伏羲，赶紧朝东**逃窜**，拱到东边的大海里。

黄龙经过的地方，拱出一条弯弯曲曲的大沟，就变成了后来的黄河。

后 羿 射 日

古时候天上有十个太阳，人们难耐高温。后羿力大无比，射掉了九个太阳，剩下现在的一个太阳，使温度适宜人们居住。

传说古时候，天空曾有十个太阳，这十个太阳跟他们的母亲、天帝的妻子羲和共同住在东海边上。她经常把十个孩子放在世界最东边的东海洗澡。洗完澡后，让他们像小鸟那样栖息在一棵大树上。因为每个太阳的外形都是只鸟，所以大树就成了他们的家，九个太阳栖息在长得较矮的树枝上，另一个太阳则栖息在树梢上。当**黎明**需要晨光来临时，栖息在树梢的太阳便坐着两轮车，穿越天空，照射人间，把光和热洒遍世界的每个角落。十个太阳每天一换，轮流当值，秩序井然，天地万物一片和谐。人们在大地上生活得非常幸福和睦。人和人友好相处，生活在一起，日出而耕，日落而息，生活过得既美满又幸福。人和动物也能**和睦相处**。那时候人们感恩于太阳给他们带来了时辰、光明和欢乐，经常面向天空磕头**作揖**，顶礼膜拜。

可是，这样的日子过长了，这十个太阳就觉得无聊，他们想要一起周游天空，觉得肯定很有趣。于是，当黎明来临时，十个太阳一起爬上双轮车，踏上了穿越天空的征程。这一下，大地上的人和万物就受不了了。十个太阳像十个大火团，他们一起放出的热量烤焦了大地，烧死许许多多的人和动物。森林着火了，所有的树木、庄稼和房子都被烧成了灰烬。那些在大火中没有烧死的人和动物，四下流窜，发疯似的寻找可以躲避灾难的地方和能救命的水和食物。

河流干枯了，大海也面临**干涸**，所有的鱼类也死光了，水中的怪物便爬上岸偷窃食物。农作物和果园枯萎烧焦，供给人和家畜的食物断绝了。人们不是被太阳的高温活活烧死，就是成了野兽口中食。人们在火海灾难中苦苦挣扎，祈求上苍的恩赐！

灾祸还不限于此，窫窳、凿齿、九婴、大风、修蛇、封豨等凶禽恶兽也由于环境恶化、食物短缺，纷纷从燃烧的森林、沸腾的湖泊里逃出，露出它们**贪婪暴虐**的本性，到处吞食人民。

人间帝王尧日日夜夜跪在祭坛上向天帝祷告，声声呼救声上达天庭，震动着帝喾的耳膜。作为天帝的帝喾再也不能充耳不闻，放任不管了，他命令麾下最勇敢、最年轻的武将神射手后羿，到下界去剿灭横行的禽兽，捎带把小太阳也吓回扶桑。

后羿生得**面若冠玉**，眼若朗星，虎背猿臂，豹腹狼腰。他用帝喾所赐的彤弓、素箭武装起来，偕妻子冷美人嫦娥降临凡界，在一座闷热的茅屋里拜会了愁苦的尧。从尧那儿他了解到**罪魁祸首**是那十个太阳，老百姓都在诅咒："毒日头哇，你什么

时候才能毁灭呢？我们愿意与你同归于尽！"

后羿爬过了九十九座高山，迈过了九十九条大河，穿过了九十九个峡谷，来到了东海边，登上了一座大山，山脚下就是茫茫的大海。后羿拉开了万斤重的弓弩，搭上千斤重的利箭，瞄准天上**火辣辣**的太阳，"嗖"地一箭射去，一个太阳被射落了。后羿又拉开弓弩，搭上利箭，"嗖"的一声射去，同时射落了两个太阳。这下，天上还有七个太阳瞪着红彤彤的眼睛。后羿感到空气仍很焦热，又狠狠地射出了第三支箭。这一箭射得很有力，射落了四个太阳。其他的太阳吓得全身打战，团团旋转。就这样，后羿一支接一支地把箭射向太阳，无一虚发，射掉了九个太阳。中了箭的九个太阳一个接一个地死去。他们的羽毛纷纷落在地上，他们的光和热一点儿一点儿地消失了。直到最后剩下一个太阳，他怕极了，就按照后羿的**吩咐**，老老实实地为大地和万物继续贡献光和热。

从此，这个太阳每天从东方的海边升起，晚上从西边的山上落下，温暖着人间。从此，人们安居乐业。

蚩 尤

上古时期，蚩尤带领九黎氏族部落在这中原一带兴农耕、冶铜铁、制五兵、创百艺、明天道、理教化，为中华早期文明的形成做出了杰出贡献。河南、山东、河北交界处地区被称为"九黎之都"。河北省涿鹿县境内现存有蚩尤坟、黄帝泉（阪泉）、蚩尤三寨、蚩尤泉、八卦村、定车台、蚩尤血染山、土塔、上下七旗、桥山等遗址遗存。本故事讲的就是蚩尤为了给炎帝和自己报仇，与黄帝在阪泉的战争。

黄帝在成为**威震四方**的中央天帝之前，经过了许多规模宏大的战争，其中最大的战争发生在炎帝和黄帝之间。

当黄帝在北方逐渐强大起来时，炎帝早已是称雄南方的一方之帝。炎帝眼见黄帝日益强大，多次北上讨伐黄帝，两位一方之帝都想成为统治整个天地的帝王。黄帝与炎帝的最大一次战争发生在阪泉的原野。黄帝率领十万神兵、十万人兵、十万鬼兵，以**翱翔**天穹的鹰、雕、鹫、鹞等凶禽作旗帜，以**驰骋**山野的虎、豹、熊、罴等猛兽作前锋，在阪泉的原野与炎帝的军队展开了一场大决战。两军刀兵相见，杀得血流成河，尸积如山。恶战一连打了三场，仁慈年迈的炎帝抵挡不住年轻气盛的黄帝，**一溃千里**，退到了遥远的海南边隅。

炎帝败退南方后，他的属下先后奋起，要为他们的君主复仇。首先兴兵讨伐黄帝的是炎帝的苗裔战神蚩尤。

蚩尤有八十一个兄弟，个个身高数丈，**铜头铁额**，四眼六臂，牛腿人身，满口钢牙铁齿，每日三餐吃的都是铁锭和石块。蚩尤的头上长着两只角，耳旁鬓发倒竖，坚硬锐利胜过钢枪铜戟，一头扎过去，神鬼难挡。

炎帝与黄帝决战阪泉原野时，蚩尤作为炎帝的武将随军听用。炎帝打了败仗，蚩尤不幸被俘，做了黄帝的臣仆，蚩尤被屈辱和羞耻深深折磨着，虽然在黄帝手下做事，可是从来没有忘记有朝一日杀了黄帝，为炎帝、为自己报仇。他和黄帝手下的风伯、雨师成了好朋友，并在风伯、雨师的帮助下逃回了南方。

蚩尤费尽口舌劝炎帝**重整旗鼓**，再去讨伐黄帝，无奈炎帝再也不愿重开战事，说："我教人们耕种土地，收获粮食，尝百草治疾病，是为了天下苍生能安居乐业。阪泉之战，十万生灵涂炭，已与我的初衷完全背离。我不忍心再让民众为我而死亡。"

蚩尤气得跺脚，离开了炎帝，回到部落，聚集了自己的八十一个兄弟，收编了山林水泽中的魑魅魍魉，又召集了骁勇善战的三苗之民，借炎帝的名号，正式举起反抗大旗，指挥军队，向西北的黄帝统治地区进发。

蚩尤把战场选在了阪泉之野，布下了弥漫百里的云雾大阵，要在当年被打败的地方打败黄帝。

　　黄帝根本没有把蚩尤这个当年自己的手下败将放在眼里，任命力牧为前军大将军，风后为中军参谋，只率领三万兵马挥师南下，来到阪泉之野迎击蚩尤。

　　黄帝正**扬扬得意**，下令击鼓进攻。忽然，蚩尤阵中传来一阵阵尖厉怪异的嘶叫声，万里晴空顿时弥漫起浓浓迷雾，十步之外不见人影。士兵四处乱闯，不辨东南西北，甚至自相残杀。蚩尤的伏兵趁着浓雾掩护杀了过来。蚩尤的八十一个兄弟个个勇猛异常，**横冲直撞**，无人能敌。三苗之民穿戴怪异，手执藤牌利刃，左劈右砍，杀敌无数。魑魅魍魉时现时没，暗箭伤人，把黄帝的军队打得晕头转向，人仰马翻。

　　这场百里大雾足足笼罩了三天三夜，蚩尤的军队越战越勇，胜利在望。黄帝的士兵都感到绝望了，幸亏头颅巨大、身材细小的风后发明了指南车，黄帝的军队在指南车的指引下，向北突围，终于冲出大雾，**摆脱**了蚩尤的追杀，扎下营盘，计点兵马，损失了一半。黄帝急忙升帐，发出四道命令：追风使者速到凶犁土丘召应龙，逐电使者速去中央天庭召天女魃；十八神行太保奉旨分投三界，命天上、人间、幽冥各路诸侯快速增援；力牧率五千将士昼夜巡逻，严防偷营劫寨；风后领一万兵卒深掘沟堑，高筑壁垒，固守营寨，等待援军到来。

　　黄帝焦急地等了三天，援军终于陆续到来。最叫黄帝高兴的是他高傲的女儿魃也前来报到。魃身穿一件青色的战袍，身高只有两三尺，脑门上光秃秃的，两只眼睛长到了头顶上。传说很早的时候，神、人、鬼三界评选宇宙最美、最丑小姐，魃不幸被列为宇宙第一丑女。魃由于身体、相貌条件都不好，到了婚嫁年龄还是无人上门提亲。她身为公主，又聪明能干，极其自负，总觉得自己被冷落了，心里窝着一肚子的火。经过年复一年的积蓄，她心中的火气越积越多，只要稍稍施发，就胜过喷涌而出的火山岩浆，破坏力、杀伤力大得惊人。

黄帝决定把与蚩尤决战的战场移到冀州地面，指挥着十八路诸侯，带领着十万大军在冀州摆下了阵势。黄帝先派出擅长蓄水行雨术的大将应龙，在冀州之北的大峡谷蓄起一大片水，准备在蚩尤行起大雾阵时，将积蓄的水变成大雨，用雨水来驱散大雾。

果然，蚩尤又摆起了大雾阵。应龙拍了拍巨大的翅膀飞到阵前，还来不及行雨，早在黄帝军中的蚩尤的朋友风伯、雨师反叛了黄帝，加入了蚩尤的阵营。风伯先施展神术，刮起了威力巨大的狂风，顿时飞沙走石，房屋被毁，大树连根拔起。接着，雨师发作，下起了瓢泼大雨，一时山洪暴发，迅速将应龙蓄水的大坝摧垮。应龙断了翅膀，向北逃命。十八路诸侯的军队见状也四散逃命，眼看黄帝又要大败了。就在这时，魃怒目圆睁，发出一声尖叫，出阵迎战。

魃将全身储备的热量通过口、鼻、眼、耳及四肢喷射出来，变成十一股熊熊烈火燃遍天地之间。顿时，狂风骤歇，暴雨立停，气温急剧上升，整个大地如同火焰山一般滚烫。

风伯、雨师的神术不再灵验，魑魅魍魉无计可施，蚩尤的八十一个兄弟也傻了眼。黄帝挥动进军红旗，十八路诸侯的大军浩浩荡荡杀了过来。蚩尤的军队大败，向南溃退。

魃帮助父亲反败为胜，取得了冀州之战的胜利，可是由于用力过猛，体内能量消耗殆尽，再也无力飞上天庭，只能留在人间。不过，魃所到之处，就会天干地燥，遭受大旱，庄稼枯死，火灾不断。因为，她的火气虽然不如以前那样大，但是，她体内还有残留的热量，一不如意，火气上攻，就要祸及四方。所以，魃就成了人们诅咒、驱逐的恶魔，被称为"旱魃"。

冀州之战蚩尤虽然战败，但是并未伤及元气。之后，他又多次发动对黄帝的战争，双方势均力敌，互有胜负。黄帝见一时不能打败蚩尤，就索性让军队稍做休整，自己带着将领们登上泰山**商讨**战胜蚩尤的办法。一天傍晚，黄帝独自在泰山顶上欣赏晚霞，忽见一位人面燕身的仙女飘然而至。黄帝急忙上前行礼，那仙女微笑着说："我是九天玄女，特来教你兵法。"说完，把如何攻、如何守、如何布阵等种种神奇的兵法一一传授给黄帝，并把写有神奇兵法的天书留给了黄帝。

黄帝得了九天玄女的天书，心中大喜，闭门三月潜心学习兵法，直到全部掌握。尔后，黄帝又得到一柄昆吾山赤铜铸造的青锋宝剑，接着，黄帝派儿子东海神禺号去**捕捉**夔。夔形体像牛，但头上无角，一只脚，全身青灰色，能发出巨大的声音，生活在东海深处。黄帝把儿子捕捉到的夔的皮剥下晾干，制成了一面战鼓。雷泽中的雷神打起雷来响彻云霄，能震破人胆。黄帝派天兵天将将雷神捉来杀死，抽出两

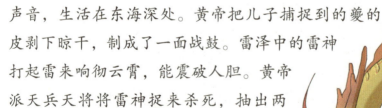

根大腿骨做鼓槌。黄帝用鼓槌击打战鼓，发出的声音几百里内都**震耳欲聋**，威力巨大无比。

黄帝有了昆吾青锋剑、夔皮鼓、雷神骨鼓槌三件宝器，信心大增。他命令力牧率领一支军队佯攻牵制蚩尤，把蚩尤的主力引进包围圈。黄帝依照九天玄女传授的兵法训练军队，把各种作战套路都演练了一遍，摆下了一个十面埋伏之阵，单等蚩尤的军队进入埋伏圈。

蚩尤已多次打败过力牧率领的部队，这次力牧佯败而退，蚩尤没有防备，仍然紧紧追赶。

黄帝腰佩昆吾青锋剑**雄赳赳**气昂昂地立在阵前，身后，打鼓神手握雷神骨鼓槌站在夔皮鼓的后面。黄帝见蚩尤的军队全部进入包围圈，立即下令："擂鼓！"打鼓神挥动雷神骨鼓槌，由缓到急打起了夔皮鼓。开始时，鼓声还只是有些震耳，到后来，只听鼓点越来越急，越来越响。等到夔皮鼓打过三遍，三苗之民被鼓声震得七窍流血，魑魅魍魉被

震得晕头转向，蚩尤兄弟也被震得**手足发麻**，握不住兵器。黄帝指挥大军杀过来，势不可当。黄帝把昆吾青锋剑挥舞得像车轮般飞转，蚩尤八十一个兄弟的铁额铜头纷纷像切草砍瓜似的被一一削落，魂归南天。应龙补好了翅膀，在空中**张牙舞爪**，发出阵阵怪叫，协助十八路诸侯的兵马把三苗之民、魑魅魍魉杀得血流成河，尸积如山。很快，蚩尤几乎到了全军覆灭的地步。

蚩尤孤身浴血奋战，突出重围，正准备逃回南方，应龙突然截住了他的去路。蚩尤怒目圆睁，猛地一头撞去，锐利的鬓发和铁额铜头把应龙的身子撞出一个巨大的口子。应龙顿时鲜血四溅，翅膀下垂，但他还是奋力向南方滑翔而去，慢慢地坠落在地上。

蚩尤虽然打败了应龙，但是黄帝的大军已经包围上来。蚩尤逃到黎山的地方，已是**筋疲力尽**。黄帝手下的猛士杀到，将蚩尤团团围住，用一排排挠钩把蚩尤拖翻在地，用十条铁索将蚩尤捆绑起来。黄帝下令将蚩尤斩首。

为了防止蚩尤日后成精作怪，黄帝又将蚩尤的身子和头颅分葬两处：一处在东平寿张的阚乡城，坟高七丈，坟顶时有红云升起，形状像一匹红色的**锦帛**，当地人称它为"蚩尤旗"。另一处在山阳巨野的重聚乡，坟墓的大小同阚乡城的一样。蚩尤身首分离，所以斩首的地方叫"解"。直到今天，解州还有一口大盐池，池里的卤水呈殷红色，人们称它为"蚩尤血"。据说黄帝杀蚩尤时怕他**挣脱**，不敢卸去手铐脚镣，直到蚩尤彻底死了，才卸下沾满血迹的枷铐抛在大荒之中的宋山上。后来，枷铐长成一大片枫树林，枷铐上的斑斑血迹化作了鲜红如血的枫叶。

月 亮 的 阴 晴 圆 缺

很久很久以前，有一个叫鲁布桑巴图的人，他见蒙古族的同胞们终年经受风沙的吹打、雨雪的袭击以及魔鬼的侵袭，便立志要为他们建造一种结实的房屋，可是房屋还没建好就被魔鬼砸得七零八落。鲁布桑巴图决心狠狠地教训它一顿，于是跋山涉水地寻找魔鬼。鲁布桑巴图一路上询问他人魔鬼的去向，但是没人愿意告诉他，都怕殃及自身，只有纯真的月亮说出了魔鬼的藏身之处。

很久很久以前，在大岭山的草原上，有一个叫鲁布桑巴图的人，他见蒙古族的同胞们终年经受风沙的吹打、雨雪的袭击以及魔鬼的**侵袭**，便立志要为他们建造一种结实的房屋。

为了实现自己的这一愿望，办成这件造福于民的事，鲁布桑巴图骑着马走遍了高山林海，带着斧头在树林中砍伐最好的木材，又历尽**千辛万苦**将木材运回草原。他要用这些木材建造一座最宽绰而且最坚固的房屋。

房屋还在建造当中，有一天，鲁布桑巴图又去森林里选木材了。这个时候，有一个魔鬼从这里飞过，它看到这是鲁布桑巴图为了防范魔鬼的侵害才盖的房屋，十分生气，二话不说，马上动手开始搞破坏，一会儿的工夫，就把鲁布桑巴图还没有建完的房屋砸得**七零八落**。砸完之后，它担心鲁布桑巴图回来后不会放过它，便一溜烟地逃跑了。

当鲁布桑巴图在森林里又选好木材回来的时候，看到自己辛辛苦苦建造的房屋完全被毁坏了，此时又正赶上来了一场特大的暴风雪，**天寒地冻**无处安身，他只好用选回来的木材搭成一个简易的房子让人们暂时住在里面，以躲过这无情的暴风雪。

人们都住下来了。鲁布桑巴图说："我建造的房屋是被谁毁坏的？"

人们说："就是那个怕你建好房屋，再也没有办法侵害人的魔鬼。它砸坏房屋后，马上就逃走了。"

鲁布桑巴图一听，顿时怒火中烧，他骑上了自己的宝马，下定决心，就算是找遍**天涯海角**，也要把魔鬼找到，狠狠地教训它一顿，让它为自己的所作所为付出应有的代价。

鲁布桑巴图骑着他的宝马走过了许多高山峻岭，越过了无数的河流池沼，无论是无边的草原，还是深深的山谷，他都几乎找遍了，可是却连魔鬼的影子也没找到。因为魔鬼知道鲁布桑巴图是绝不会轻易放过他的，早就钻到山上的一个石头洞中躲藏起来了。

鲁布桑巴图找了很久也没有找到魔鬼，怎么办呢？恰好风婆婆从他的身边经过，他便向风婆婆说："尊敬的风婆婆，你见到魔鬼了吗？"

风婆婆停住脚，低下头想了想，对鲁布桑巴图说："我去过森林和原野，又刚从山谷的那边过来，我没有见过魔鬼，但你也不要灰心，你去问问彩云吧，也许她知道魔鬼的藏身之处。"

"好吧，尊敬的风婆婆，谢谢你了。"鲁布桑巴图又继续向前走去。

鲁布桑巴图见到了彩云大姐，于是走上前去问她："彩云大姐，请问你看见那个可恶的魔鬼从这里经过了吗？"

彩云大姐正低头忙着，听见有人问她，便抬起头来回答说："我一直在地上收集露水，哪能顾得上这个，我飘得很低很低，因此没有注意到魔鬼是否从这里经过。太阳在高空，你不妨去问问太阳公公吧！"

鲁布桑巴图便去问太阳公公："太阳公公，您老人家一直在高高的天空，有没有看到害人的魔鬼逃到什么地方去了？"

太阳公公**笑呵呵**地对鲁布桑巴图说："魔鬼刚过去，我正忙于照耀大地，以利于万物生长，没注意魔鬼跑到哪里去了，你去问问月亮姑娘吧！她晚上在天空中遨游，能够看到**四面八方**所发生的事情，一定会知道魔鬼的行踪的。"

"对，我去问问月亮姑娘。"鲁布桑巴图**马不停蹄**又去找月亮姑娘。见到月亮姑娘，鲁布桑巴图问她："月亮姑娘，你看到魔鬼到哪里去了吗？"纯真、诚实的月亮姑娘告诉鲁布桑巴图："我看见了魔鬼，它慌慌张张地逃到大山的石洞里去了。你骑上宝马朝着东边走就可以找到它了。"

"谢谢你，月亮姑娘。"鲁布桑巴图马上按照月亮姑娘指点的方向追去。很快，他来到一座大山的石洞门前。他把魔鬼从山洞里逼了出来，便和魔鬼打斗起来。只打斗了几个回合，魔

鬼便被鲁布桑巴图打得没有还手之力了。

最后，魔鬼招架不住了，只好仓皇逃走。鲁布桑巴图知道魔鬼如果真的逃掉了，以后还会继续**为非作歹**，便骑着宝马追了上去。魔鬼逃到山谷遇到了风婆婆，它就面露凶相，问风婆婆："风老婆子，你肯定知道是谁把我躲藏的地方告诉鲁布桑巴图的，快点儿说出来，如果你不说的话，我就一口吞了你！"

风婆婆一看魔鬼的那副凶恶样，不免有些害怕，于是就把月亮姑娘说出魔鬼躲藏地方的事告诉了魔鬼。这下魔鬼对月亮姑娘可算是恨之入骨了，它飞向月亮姑娘。一看到月亮姑娘，就恶狠狠地向她怒吼了起来："好一个**乳臭未干**的小黄毛丫头，谁叫你将我躲藏的地方告诉了鲁布桑巴图？我非把你吞了不可。"

月亮姑娘一看魔鬼**气势汹汹**的样子，并不畏惧，也非常生气地怒视着魔鬼，她原本是一张金黄色的脸，一下子被魔鬼气得像银子一样苍白。

她大声斥责魔鬼说："你这个可恶的家伙能把我怎么样！"魔鬼气得嗷嗷怪叫，上去把月亮姑娘抓住，就要往口里吞，却见鲁布桑巴图正从远处追赶而来。魔鬼害怕，没有等到全部吞进去，就又吐了出来，马上一溜烟地逃跑了。但它却没有死心，一有机会遇到月亮姑娘，还是会不断地吞食她。这就是月亮阴晴圆缺的由来。

颛　顼

颛顼是中国上古时期的部落联盟首领之一。他被后世尊为"帝"，列入"五帝"。颛顼继承黄帝衣钵之后，不根据百姓的生活实际来推行新政策，反而作威作福，他的孩子们也顽劣恶毒，导致人神共愤，天下大乱。

　　黄帝晚年，以仙人广成子、容成公为师，用**顺其自然**的方法，使三界大治；功成名就，遂生退隐之心。他派遣夫役开采首山铜矿，在荆山下**铸造**宝鼎。宝鼎铸成的那天，天外飞来一条巨龙，垂下龙髯相迎。黄帝将主宰神的宝座传给了他认为很能干的曾孙颛顼，自己乘龙飞往九重天外，随他同行的朝中大臣、后宫夫人共有七十多位。其余大臣攀着龙髯还想爬上去，结果龙髯被扯断，纷纷跌下来。跌落的大臣们望着远去的黄帝哭了七天七夜，流下的眼泪**淹没**了宝鼎，汇成了大湖，后人称此湖为鼎湖。

　　继位的颛顼乃北方水德之帝，他的爷爷是黄帝和嫘祖的二儿子昌意。昌意在天庭犯了过错，被**贬谪**到凡界的若水，生下了韩流。韩流的模样委实古怪：细长脖，小耳朵，人脸，猪嘴，麒麟身，双腿并在一块儿，下面长着一对儿猪蹄。韩流娶淖子氏的女儿阿女为妻，生下颛顼。颛顼的长相，与他的父亲也大体相似。

颛顼自幼受叔父少昊的熏陶，特别爱好音乐。他听到八方来风掠过大地发出的声音，十分悦耳，便让八条飞龙仿效风声而长吟，命名为《承云曲》，专门用来纪念黄帝。他又突发奇想，令扬子鳄做音乐的倡导者。扬子鳄鸣声如鼓，背上披有坚厚的鳞甲，成天躺在池沼底部的洞穴内睡觉，对音乐向来生疏，受了主宰神的委派，怎敢怠慢，只得乖乖地翻转笨重的身躯仰卧，挥动粗大的尾巴敲打鼓凸的灰肚皮，果然嘭嘭作响，**声音嘹亮**。人间受到颛顼的影响，用扬子鳄的皮来蒙鼓，这种鼓很贵重，叫鼍鼓。

初登主宰神位的颛顼，所做的第一件大事是将原本不停运转的太阳、月亮和星星都牢牢拴在天穹的北边，固定在北方上空，这么一来，他的根据地北方三十六国永远**光辉灿烂**，相反，东、南、西方诸国则永远漆黑一团，百姓伸手不见五指，生活异常不便。

颛顼所做的第二件大事是隔绝天和地的通途。在他执掌三界大权之前，天、地虽也分开，但距离较近，并且还有天梯相通，这天梯即是各地的高山与大树。天梯原为神、仙、巫而设，人间的智者、勇士，也能凭着智谋和勇敢攀登天梯，直达天庭。那时候，凡人有了冤苦之事，可以直接到天上去向天帝申诉，神亦可以随时至凡界**游山玩水**，人与神的界限不是很明确。颛顼继承黄帝做了主宰神，把蚩尤领导苗民造反之事作为教训，他考虑到人、神杂糅混居弊多利少，将来难保没有第二个蚩尤下凡煽动世人上天与他作

对，为此他命令孙儿重和黎去把天地的通路截断，让人上不了天，神下不了地，大家虽然丧失了自由往来的便利，却能维持宇宙**秩序**，保证安全。

大力神重和黎接旨，运足了力气，一个两手托天，一个双掌按地，**吆喝**一声，一齐发力，托天的尽力往上举，按地的拼命向下压，天渐渐往上升，地渐渐更向下沉，本来相隔不远的天地就变成现在这样，遥不可及了，高山、大树，再也起不到天梯的作用了。从此，托天的重专门管理天，按地的黎专门管理地。黎到了地上还生下个名叫噎的儿子，噎没有手臂，两只脚翻转上去架在头顶，他住在大荒西极日月山上，这座山乃天门之转轴。他的职责是帮助父亲考察日月星辰运行的先后次序。

自从截断了天和地的交通，天上的神还能腾云驾雾私下凡界，地上的人却再也无法登上天庭，人、神间的距离，一下子便拉得很远很远。神高高在上，享受着人类的祭祀，而人有了痛苦和灾难，却上天无路，神也完全可以不闻不问，任人类受苦受难。

颛顼自己作威作福，还生出了许多鬼儿子危害人类：三个死掉的儿子，一个变为疟鬼**潜伏**在长江，传染疟疾病菌，害得人发寒热；一个变为貌似童子的魍魉隐匿在若水，夜间施展迷惑人的鬼蜮伎俩，**引诱**行人失足坠河；一个变为小儿鬼躲藏在人家的屋角，暗中惊吓小孩。另有一个儿子骨瘦如柴，生来爱穿破衣烂衫，爱吃稀粥剩饭，正月三十死于陋巷，成了穷鬼。凡人最怕穷鬼上门，千方百计要送走它。送穷鬼的日子是农历正月二十九日，常见的方式是打扫屋子院落，把扫出来的垃圾当成穷鬼，或投之流水，或**倾倒**街头，有的还在垃圾堆上插炷香，放三个花炮，俗称"崩穷鬼"。唐朝文人韩愈曾作《送穷文》说："三揖穷鬼而告之曰：'闻子行有日矣。'"

有一个名叫梼杌的怪兽，也是颛顼的儿子。它有人的面孔，老虎的身躯和利爪，野猪的嘴巴和獠牙；它披着三尺多长的狗毛，连头带尾足有一丈八尺长。它在西方的荒野里**横行霸道**，过路人一提起它来就大惊失色。

颛顼和他的鬼儿子、兽儿子们，再加上一大批兴妖作怪、**招灾引祸**的山精水怪，把黄帝留下来的太平盛世搅得乱七八糟，不过数载，就爆发了以水神共工为首的天神大起义。

尧帝嫁女

尧帝有两个女儿。尧帝很喜欢他的两个女儿，每次出巡，总是带着她们一起去。尧帝经过多次考验，觉得舜是个可靠的人，就将帝位禅让给他，又决定将两个女儿嫁给舜为妻。但尧的妻子想让自己的亲生女儿女英为正夫人，于是给姐妹二人出了三个考题，胜者为正。所幸姐妹二人手足情深，两人齐心协力，一同辅佐舜治理天下。这就是我国历史上传为佳话的"尧之二女，舜之二妃"。

尧帝有两个女儿，大女儿娥皇是养女，小女儿女英是尧帝亲生的。尧帝很喜欢他的两个女儿，每次出巡，总是带着她们一起去。

尧帝经过多次**考验**，觉得舜是个可靠的人，就将帝位**禅**

让给他，又决定将两个女儿嫁给舜为妻。

娥皇和女英要同时嫁给舜，姐妹二人心里都很高兴。唯有尧妻心存一桩愁事，她总想让自己的亲生女儿女英为正夫人，让养女娥皇为偏房，尧帝坚决反对。尧帝出了三道考题，以才定先，能者为师，智者为导。尧妻只好同意。

第一道考题：煮豆子。

尧帝给两个女儿各十粒豆子，五斤柴火，先煮熟者胜。

姐姐娥皇长年做饭，很有经验。锅内只倒了少量水，一会儿就煮熟了，柴还有余。妹妹女英却相反，盛了一满锅水，水多柴少，柴火烧尽，水还未热，当然豆子更谈不上熟了。尧妻心里不好受，嘴里却无法说。

第二道考题：纳鞋底。

尧帝笑着让妻子取来一双鞋底和两把绳子，分给两个女儿，每人一只鞋底和一把绳子，谁先纳成，谁就为胜。姐姐娥皇常纳鞋底，既熟练又有窍门。她把长绳子剪成短节，纳完一根再纳一根，不到半天工夫，一只鞋底就纳成了，还纳得平平展展，又好看又结实。女英用长长的一根绳子纳，很费劲，绳子不时打结，半天下来鞋底的一半都没纳好，而且歪歪扭扭，针脚也稀，又不平展。尧帝不言语，尧妻心里非常生气，暗暗盘算，准备对策。

临出嫁动身之前，尧帝又出了第三道考题：比谁快。先到历山坡舜的住地者为胜。

这时尧妻说话了："娥皇是姐姐，理应坐马车，三马一车有排场。女英是妹妹，理应骑走骡，单人骑骡更一般。"尧帝明知她偏心，想据理力争，可是出嫁的时辰已到，来不及了。只得按照妻子的想法来。

妹妹女英骑走骡，抄小路飞快跑，姐姐娥皇坐马车慢慢前进。事有凑巧，女英走到半路，走骡突然下驹了。气得女英骂道："该死的骡子，偏在这时候下驹，真误我的大事，以后别下驹了。"所以，骡子从此再不下驹。骡子下驹的地方，也因此得名为"落驹村"。

这时，娥皇的马车也赶到了。娥皇见妹妹急成这模样，知

道出事了，立即下车把女英拉上马车，一同奔向历山坡。

　　舜和娥皇、女英成亲后，对两个妻子百般疼爱，没有偏正之分。姐妹两人也**齐心协力**辅佐舜治理天下，做了许多有利于人民的事情。

启 的 诞 生

启的父亲禹是一位天神，著名的治水英雄，启的母亲是涂山氏。有一次，禹治水，要打通辕山，就把自己变作一头熊。前来送饭的妻子，看见丈夫变成了熊，掉过头就往回跑，一口气跑到嵩山脚下，化作一块大石头。当时涂山氏已有身孕，禹痛哭流涕，这时石头突然裂开了，从里面生出个儿子，取名为"启"。

曾经在登封市的嵩山脚下，**矗立**着一块几丈高的巨石。不久，巨石开裂，从上面裂下来一块石头，就像一尊雕像站立在那儿，相传这就是大禹的妻子涂山氏变的。因为涂山氏的儿子叫启，所以后人都把这块巨石叫启母石。在离启母石不远的地方，还立着两根由大块方石头垒成的门柱，上边刻着打猎、农耕的**浮雕**。这就是当时大禹的家门口，后人叫启母阙。

那时候，洪水横流。为了使人民安居乐业，大禹治水，跑遍了九州四野。在嵩山南面，西自龙门，东到禹县，有一条大河叫颍河。颍河一**泛滥**，两岸就变成一片汪洋，什么庄稼也不能生长。大禹为了把洪水排出去，就在登封市西北的轘岭口

（也叫辗辕山）一带，凿山治水。他打算把嵩山南面的洪水引进北面的洛河，然后再让它流到黄河里去。

这一天，大禹来到莘岭口附近一看，这里**山势险峻**，凿通莘岭口的工程十分艰巨。他为了尽快开通河道，在凿山时，就变成一只巨大的黑熊。这样一来，大禹不论翻山越岭，掘土运石，引水导洪，都非常**雄健有力**。

大禹每天忙着开山凿石，没工夫回家。

他顾不上吃饭，就叫妻子涂山氏给他送饭。他为了不让妻子知道自己变熊的事，就跟妻子约定：只要她听见敲鼓的声音，就去给他送饭。涂山氏知道丈夫辛苦，就按照他的嘱咐办事。每天，当她听到"咚咚"的鼓声时，就赶快撑着木筏子，把饭送到大禹开山的工地上去。这样，夫妻两人虽说都很辛苦劳累，但心里很快活。

有一天，大禹在山坡上行走的时候，一不留心，脚下踩动的几块石头从山上滚下来，刚好掉在鼓面上，发出了"咚咚"的响声。大禹因为忙，走得急，也没在意，只管上山去了。涂山氏一听到鼓声，心里**纳闷**儿：今天丈夫为什么吃饭早了呢？大概是特别累，饿得也快了吧！于是，她就赶快把饭做好，急急忙忙撑着木筏子给大禹送饭去了。

谁知道，当她来到山坡前，左等右等，也不见大禹回来，她就往山上爬去。她来到山上向下一看，只见有一头大黑熊，正在山下用力凿石推土，开挖河道。它把头往前面一伸，腰向下一躬，两腿一蹬，伸出两条巨臂，用力朝山岩上一推。"轰隆隆"一声巨响，山石塌下了一大片，倒在水里，溅起几丈高的浪花。大黑熊这才直起腰来，看看新开出来的山口，乐得眉开

眼笑。

这时，涂山氏一见，却大吃一惊，心想：自己的丈夫大禹，怎么是一只大黑熊呀？平时自己为什么没有发现呢？一时间，她不知道怎么办好，就提起饭篮赶快往家跑。一路上，她又羞又急又气。当她快到家门口时，心里一阵难过，几乎晕倒。她**勉强**支撑住，往家门口的山坡上一站，就变成了一块石头。

再说那只大熊，到晌午了，又变成原来的样子。大禹**伸展**下胳膊，抖抖身上的灰土，来到大鼓跟前，敲起鼓来。可是，他敲敲、等等，等等、敲敲，好久也不见妻子送饭来。他想，一定是出了事，就赶紧往家走。

大禹回到家里，里里外外找不着妻子的影子，只见家门口的山坡上，多了一块巨大的岩石，旁边还放着一篮饭。大禹这才明白：原来妻子已经变成岩石了。这时，大禹后悔不该把自己变熊的事瞒着妻子。他又想：妻子已经怀孕很久了。这一来，咋办呢？我没有儿子，谁来跟我继续治水呢？想到这里，他就**急匆匆**地走到巨石前面，用颤抖的嗓音大声喊道："孩子他娘啊！你就这样离开我了吗？你要把儿子交给我呀！"大禹的声音，在深谷中回荡着。

突然，"轰隆"一声响，这块巨大的岩石裂开了。从巨石裂开的地方，跳出了他的儿子。大禹一见，急忙亲切地把儿子抱了起来。后来，这孩子长大了，大禹就给他起名字叫"启"。

许多年以后，大禹终于凿通了萼岭口，颍河两岸的洪水就顺着洛河流到黄河里去了。老百姓也开始在这里定居下来，开荒种地过日子。

仓颉造字

传说仓颉在黄帝手下做官，黄帝分派他专门管理圈里牲口的数目、屯里食物的多少。随着牲口、食物的储藏在逐渐增加、变化，光凭脑袋记就很容易忘记。仓颉整日整夜地想办法，先是在绳子上打结，用各种不同颜色的绳子，表示各种不同的牲口、食物，用绳子打的结代表每个数目。但时间一长久，就不奏效了。仓颉开动脑筋，从观察天地万象、鸟兽脚印中发现了灵感，用符号来表示要管理的东西，这种符号就成了文字的雏形。

"仓"姓，其意是"君上一人，人下一君"。

相传仓颉在黄帝手下当官。那时，当官的并不会显得威风，和平常人一样，只是分工不同。黄帝分派他专门管理圈里牲口的数目、屯里食物的多少。仓颉这人挺聪明，做事又尽力尽心，很快就熟悉了所管的牲口和食物，心里都有了谱，难得出差错。可慢慢地，牲口、食物的储藏在逐渐增加、变化，光凭脑袋记不住了。当时又没有文字，更没有纸和笔。怎么办呢？仓颉犯难了。

仓颉整日整夜地想办法，先是在绳子上打结，用不同颜色的绳子，表示不同的牲口、食物，用绳子打的结代表每个数目。但时间一长久，就不奏效了。这增加的数目在绳子上打个结很便当，而减少数目时，在绳子上将一个结解开就麻烦了。仓颉又想到了在绳子上打圈圈，在圈子里挂上各式各样的贝壳，来代替他所管的东西。增加了就添一个贝壳，减少了就去掉一个贝壳。这法子挺管用，一连用了好几年。

黄帝见仓颉这样能干，叫他管的事情愈来愈多，年年祭祀的次数，回回**狩猎**的分配，部落人丁的增减，也统统叫仓颉管。仓颉又犯愁了，凭着添绳子、挂贝壳已不抵事了。怎么才能不出差错呢？

这天，他参加集体狩猎，走到一个三岔路口时，几个老人为往哪条路走**争辩**起来。一个老人坚持要往东，说有羚羊；一个老人要往北，说前面不远可以追到鹿群；一个老人偏要往西，说有两只老虎，不及时打死，就会错过了机会。仓颉一问，原来他们都是看着地上野兽的脚印才认定的。仓颉心中猛然一喜：既然一个脚印代表一种野兽，我为什么不能用一种符号来表示我所管的东西呢？他高兴地拔腿奔回家，开始创造各种符号来表示事物。果然，他把事情管理得**头头是道**。

黄帝知道后，对仓颉大加赞赏，命令他到各个部落去传授这种方法。渐渐地，这些符号的用法推广开了，就这么形成了文字。

仓颉造了字，黄帝十分器重他，人人都称赞他，他的名声越来越大。仓颉头脑就有点儿发热了，眼睛慢慢向上移，移到

头顶上去了，什么人也看不起，造的字也马虎起来。

这话传到黄帝耳朵里，黄帝很恼火。他眼里容不得一个臣子变坏。怎么叫仓颉认识到自己的错误呢？黄帝召来了身边最年长的老人商量。这老人长长的胡子上打了一百二十多个结，表示他已是一百二十多岁的人了。老人沉吟了一会儿，就独自去找仓颉了。

仓颉正在教各个部落的人识字，老人默默地坐在最后，和别人一样认真地听着。仓颉讲完，别人都散去了，唯独这老人不走，还坐在老地方。仓颉有点儿好奇，上前问他为什么不走。

老人说："仓颉呀，你造的字已经**家喻户晓**，可我人老眼花，有几个字至今还糊涂着呢，你肯不肯再教教我？"

仓颉看这么大年纪的老人，都这样尊重他，很高兴，催他快说。

老人说："你造的'马'字，'驴'字，'骡'字，都有四条腿吧？而牛也有四条腿，你造出来的'牛'字怎么没有四条腿，只剩下一条尾巴呢？"

仓颉一听，心里有点儿慌了：自己原先造"鱼"字时，是写成"牛"样的；造"牛"字时，是写成"鱼"样的。都怪自己**粗心大意**，竟然教颠倒了。

老人接着又说："你造的'重'字，是说有千里之远，应该念'出远门'的'出'字，而你却教人念成'重量'的'重'字。反过来，两座山合在一起的'出'字，本该为'重量'的'重'字，你倒教成了'出远门'的'出'字。这几个字真叫我难以**琢磨**，只好来请教你了。"

这时仓颉已羞愧得**无地自容**，深知自己因为骄傲铸成了大错。这些字已经教给各个部落，传遍了天下，改都改不了。他连忙跪下，痛哭流涕地表示忏悔。

老人拉着仓颉的手，**诚挚**地说："仓颉呀，你创造了字，使我们老一代的经验能记录下来，传下去，你做了件大好事，世世代代的人都会记住你的。你可不能骄傲自大呀！"

从此以后，仓颉每造一个字，总要将字义反复推敲，还会拿去征求人们的意见，一点儿也不敢粗心。一个字大家都说好后，他才定下来，然后逐渐传到每个部落去。

相传，仓颉造字成功后，发生了怪事，那一天白日里竟然下粟如雨，晚上听到鬼哭魂嚎。为什么下粟如雨呢？因为仓颉造成了文字，可用来传达心意、记载事情，自然值得庆贺。但鬼为什么要哭呢？有人说，因为有了文字，民智日开，民德日离，**欺伪狡诈**、争夺杀戮由此而生，天下从此永无太平日子，连鬼也不得安宁，所以鬼要哭了。

烛龙圣神

自从盘古开天辟地以后，春夏秋冬不分，昼夜无别。这个时候，烛龙为了让人们的生活平静安乐，用自己的力量让四季更替，循环往复，运转不停。就这样他无休止地为人类工作着，造福世间万物。

自从盘古开天辟地以后，宇宙便有了江河湖海，日月星辰。世界变得丰富、**绚丽多彩**了，可是新的问题又出现了。可能因为太阳、月亮刚诞生不久，所以性格还不稳定，它们仿佛一对儿顽皮的孩子，一会儿在平原上奔跑，一会儿在高山上飞行，一会儿在森林里**穿梭**，一会儿又跳入大海。整个世界毫无规则和秩序。这个时候，宇宙间又出现了一个巨大的神。他居住在西北海之外、赤水以北的章尾山上，名字叫"烛龙"。

烛龙圣神长得非常奇特，头上是人的面孔，身子却是一条长长的大蛇。他的两只眼睛像橄榄一样倒立着，十分明亮。只要一睁开，宇宙间就被照得如同白日一般；眼睛一闭，夜幕便笼罩了大地。他就这样睁闭开合，无休止地为人类工作着。他呼一口气，夏天便来临了；吹一口气，大地便被冰雪覆盖。一年四季便在这有节奏、有规律的一呼一吸中循环往复，运转不停。

烛龙圣神从不吃喝，就这样不知疲倦，**永无休息**。有时他看到地上的人们遭灾，便流下同情的泪水，这泪水一落到人间，就变成了雨水，**滋润**着宇宙万物的生长。

此外，烛龙圣神还常常口衔蜡烛，为天地间照亮，人们都非常喜欢这位**无私奉献**的神。

啄木鸟的来历

啄木鸟是著名的森林益鸟，它吃的害虫，主要有天牛幼虫、金龟甲、蚂蚁等。因为啄木鸟的主食是害虫，对防止森林虫害，发展林业很有益处，所以大家都叫它们是"森林的医生"。那么"森林医生"在神话传说中又有怎样一段传奇经历呢？

黄帝时代有三大神医：俞跗、雷公与岐伯。俞跗**擅长**治疗外科疾患，能把人的心、肝、脾、胃全部翻出来洗个干净；而雷公与岐伯则**精通**内科与经络之学，对症下药，辨证施治，有一整套独到的治疗手段。这三个人都非常受黄帝的器重，黄帝有病都要找他们治疗。

三人之中的雷公，最拿手的是对草药的**辨别**与应用。雷公家中专门有一个小童子负责上山采药，人们都称他为"采药使者"。

传说雷公的这个采药使者非常聪明，加之长期跟随雷公，日久天长便也学到了许多医药知识，尤其是对各种草药的辨别

及其功能都有独到的见解。他为人谦逊，从不卖弄。人们都很喜欢他。

有一天，雷公的草药不多了，便派采药使者上山采药去了。采药使者在山上忙乎了一天。

天已渐晚，可是，不知怎么搞的，采药使者在山上突然迷路了。无论怎么走都走不出这片大森林，他非常着急。天渐渐黑了，他既怕雷公缺少草药，又担心自己无法走出这片森林，情急之下，竟变成了一只啄木鸟。

我们知道，啄木鸟是森林的卫士、树木的医生。这个采药使者变成啄木鸟后，便每天趴在树干上，用它那长而尖的嘴啄食树木中的害虫，为树木治病，变成一名树木的医生了。

春神句芒

　　句芒是掌管民间农业和春季树木发芽的春神，它在古代的民间是一个十分重要的神灵，每年百姓在春天要举行的祭祀中绝对少不了关于句芒的祭祀礼仪。

　　中国古代，立春日祭祀春神已约定俗成。春神叫"句芒"，本名重，长着人的面孔、鸟的身子，拥有高强的法术。

　　春天，是草木萌生、**生机勃发**的季节，而"句芒"二字的意思就是草木生长时弯弯曲曲、角角权权的样子。春天又代表了生命，是生机盎然、生物**繁衍**的季节，因此句芒又被后人尊奉为"主司生命之神"。他可以主宰人的寿命，掌握人们的生死。

相传，春秋五霸之一的秦穆公，有一次到祖庙去祭拜。正当中午时分，他看见有一位长相奇特的神人从庙堂的正门走进来，心里很害怕，抬起腿就向门外跑去。那大神说："你不要害怕，你治理国家有功，天帝派我来赐寿给你。"秦穆公连忙上前再次行大礼**跪拜**感谢，并问道："请教大神姓名？"那位神仙说："我叫句芒，是东方掌管树木的神灵。"由于秦穆公是个贤明的好君主，天帝看到他德行很好，便叫春神句芒给他增加了寿命，于是，秦穆公比他原定的寿数多活了十九年。

这样，后代的历朝历代的君主们便都在立春这天祭祀这位句芒神，祈求这位大神保佑百姓安康、**五谷丰登**、国家太平，同时也希望自己健康长寿！

神荼和郁垒

神荼和郁垒是中国古代传说的两位门神。神荼一般位于左边门扇上，身着斑斓战甲，面容威严，姿态神武，手执金色战戟；郁垒则位于右边门扇上，一袭黑色战袍，神情显得闲适，两手并无神兵或利器，只是探出一掌，轻抚着坐立在他身旁巨大的金眼白虎。

　　神荼、郁垒是中国古代传说中的两位门神，百姓将两人的图像贴在门上，可以防止恶鬼进门。那么，神荼、郁垒怎么会成为百姓用来**防避**恶鬼的门神呢？

传说在广阔无边的大海中，有一座神山，名叫度朔山。度朔山有一棵**枝叶繁茂**的大桃树。这棵树的东北角，就是鬼门了。在这棵桃树上住着两位神人，一位是神荼，另一位就是郁垒。

神荼、郁垒的职责是：每天站在那里检阅和统领天下万鬼，凡是发现在世间为非作歹的鬼，就把他们用苇索捆绑起来，拿去喂老虎。

神荼、郁垒本是天上的神人，不可能随时下凡来主宰人间事物，而有些恶鬼偏偏会找空隙到人间作恶。为防止人类遭受恶鬼的**蹂躏**，黄帝便制定了一种典礼，让人间百姓在屋子当中立下一个小桃木人，门户之上再画上神荼、郁垒和老虎的形象，用这些东西来**抵御**凶邪，吓跑偷偷溜到人间做坏事的恶鬼们。

这种做法一直被延续下来，至今在我国还有将神荼与郁垒贴在门上以求避邪的风俗。

伶伦始作音乐

伶伦，黄帝乐官，是发明律吕据以制乐的始祖。伶伦模拟自然界的凤鸟鸣声，选择内腔和腔壁生长匀称的竹管，制作了十二律，暗示着雄鸣为六，是六个阳律，雌鸣亦六，是六个阴吕。

当年黄帝命伶伦作乐律，伶伦取懈谷之竹，先用其中厚薄均匀的做成竹管。

开始，吹出来的音调没有阴阳之分，根本不成音律。人们**讽刺**伶伦说："你吹的那竹管，不听则罢，一听就把野兽都吓跑了。"

有一次黄帝正在练习骑马，刚跨上马背，忽然传来伶伦吹竹管发出的怪叫声。黄帝的马听到这种怪音，吓得四蹄腾空，仰头嘶叫，把黄帝从马背上摔下来。

伶伦赶快跑过去把黄帝扶起来，黄帝对伶伦说："你制的这个小竹管能把我的马吓惊，可见很不简单，将来一定能吹出好听的**音律**来。"

伶伦听到黄帝的鼓励，**惭愧**地对黄帝说："我三年没有制成音律，这已是很大的罪过，您还这样鼓励我。"

黄帝说："话不能这么讲，一根普通的竹管，上面钻了几个小孔，就能吹响，这就是你的发明和功劳，怎能说是'罪过'呢？"说完，便牵马走了。

在黄帝的鼓励下，伶伦更加信心百倍，整天苦练，但仍然吹不出和谐的音调来。

有一天，伶伦独自一人来到一个山坡上，躺在一块石头上冥思苦想，不知不觉睡着了。当他睡得正香时，忽然被树上一阵美妙的鸟声唤醒。伶伦马上坐起来，揉了揉眼睛，仰头一看，只见树上落着两只羽毛美丽、体形优美的鸟在鸣叫，声音婉转悠扬，十分动听。

伶伦**屏气凝神**，细心倾听，而且情不自禁地拿起自制的竹管，模仿鸟的叫声吹了起来，正在吹得起劲时，两只鸟突然停止了鸣叫，展翅飞走了。伶伦急得又是跺脚，又是招手。可是，鸟已经飞得无踪无影了。

伶伦回去后把此事报告黄帝，又把他学来的**半生不熟**的鸟叫声，断断续续地给黄帝吹了一遍。

黄帝听后高兴地说："这种鸟叫凤凰，是鸟中之王。你能招来凤凰，这正是吉祥之兆。"

从此，人们便把凤凰停息的地方叫为"凤岭"。伶伦每天来到凤岭，坐在一块大石头上，专等凤凰来鸣叫。果然，凤岭树林里不断有凤凰栖落。不过，落在这里的凤凰，不一定都鸣叫。伶伦经过长时间观察发现，在鸣叫的凤凰中，凤的鸣叫声

音**激情昂扬**，凰的鸣叫声音柔和悠长。每对儿凤凰栖落后，一次各鸣六声，然后，连声合叫一遍，就飞走了。

伶伦根据凤凰鸣叫的两个六声，经过长时间的**揣摩**、推敲，终于创制出十二音律，受到了黄帝的赞扬。在此之后，伶伦又将各种飞禽走兽的叫声都一一记录下来，不断丰富他所创制的音律。

始 祖 伏 羲

伏羲，华夏民族人文先始，三皇之一，亦是与女娲同为福佑社稷之正神。楚帛书记载其为创世神，是中国最早的有文献记载的创世神。相传伏羲人首蛇身，他根据天地万物的变化，发明创造了占卜八卦，他又结绳为网，用来捕鸟打猎，并教会了人们渔猎的方法，发明了瑟，创作了曲子。伏羲称王一百一十一年以后去世，留下了大量关于伏羲的神话传说。

人类的出现使这个世界生机勃勃，同时大地上的神灵也越来越多。因为人是天神女娲创造的，她给了人生命，**赋予**人万物之灵的尊贵，所以别的神祇也都十分关注人类的生活。在这些神祇中，人类特别**尊崇**的是"三皇五帝"。关于"三皇五帝"有各种不同的说法，流传最广的一种，始祖伏羲、炎帝神农氏、黄帝轩辕氏是"三皇"，少昊、颛顼、高辛、尧、舜是"五帝"。

传说在中国西北部，有一片极乐世界，那里有一个华胥国。这是一个充满神秘色彩的国度。就当事人的体力来说，不论你是坐车还是乘船，你都没有办法到达那里。只有神灵，因为他们拥有神异能力，才能够去那么遥远的地方。华胥国没有国王和任何一级的领袖，大家都顺其自然地生活在一起。华胥国人没有贪婪的私欲，生活快乐自足，都过着乐天知命、率性而为的生活。他们不会因为活着而沾沾自喜，也不会为了死亡而**忧心忡忡**，所以每个人的寿命都很长。由于华胥国的人们都能以一种天然纯朴的方式安身立命、待人接物，真正做到了心无杂念地生活，所以，他们同周围的环境以及大自然达到了水乳交融的境界。而且他们都有超于常人的能力，能自由来去于水火中，不会被溺死、烧死。他们在天空行走**如履平地**，云雾不能阻碍他们的视线，雷鸣电闪不能干扰他们的听力。

伏羲的母亲是华胥国的女子，名叫华胥氏。华胥氏从小就生活在条件优越的国度里，因而有着雍容华贵的气质和魅力。她每天都在天地之间游历名山大川，欣赏奇妙瑰丽的自然风光。

有一次，她去东方一个名叫"雷泽"的大沼泽游玩，偶然看见沼泽边有一个巨人的脚印，由于这个脚印大得出奇，华胥氏觉得很有意思，就好奇地将自己的脚踩了上去。谁知她刚一踩下，身子忽然有一种异样的感觉，腹中**跳动**了一下，后来经过十月怀胎之后，就分娩出一个儿子，叫作伏羲。

伏羲的父亲就是那个留下巨大脚印的神。他是"雷泽"的主人，人头龙身，半人半兽。伏羲天生异象，长有人的头，蛇的身子，从小就很有神力。这种神力就是源自他的父亲。伏羲很小的时候就能沿着天梯自由来去天上和人间。

连接神和人的天梯其实就在高峻巍峨的昆仑山顶上。有一株名叫"建木"的大树，这株树不知有多高，紫褐色的树干直插九霄云天。这棵树也十分神奇，它长在西南的都广之野，据说那里是天地的中心，一年四季生长着各种粮食和果实，各种祥瑞的飞禽走兽都聚集在一起。"建木"是其中最**引人注目**的。它细长的枝干笔直地升入云霄，两旁没有多余的枝丫，只在树的顶端生出了如同伞盖一样的相互缠绕的枝条。如果轻轻拉一拉它的枝条，就会有**绵软**的树皮掉下来，像缨带又像黄蛇。这位于天地中央的"建木"，就是诸位天帝上天入地的梯子。

伏羲长大后当了东方的天帝。既然是万民之王，他就理所当然地要为天下黎民苍生谋取福利，为改善人民的生存条件而体现自己的王者智慧了。那个时候，人们都是靠打猎、捕鱼和采集野果为生的。大自然的四季变换和恶劣的自然环境，使得人们不能每时每刻都可以获得稳定的食物来源，因此伏羲就开始为人们寻求出路了。他试着用绳子交叉打结，渐渐地形成了一个网状的东西，用它在水里捕鱼，效率大大提高了。伏羲又**触类旁通**地把它运用到捕鸟上面。

就这样，人们就扩大了食物的来源并且丰富了食物的种类。在食物的来源相对稳定之后，伏羲又发明了新的烹饪方法，改变了人们的饮食习惯，使得食物更易于被人体消化和吸收。

伏羲既是一位圣明的天帝，也是一位了不起的文化始祖。他上知天文、下懂地理，学习神明的德行，熟悉人间万物的自然法则。他发明了八卦，用乾这种符号代表天，坤代表地，坎代表水，离代表火，艮代表山，震代表雷，巽代表风，兑代表泽。伏羲教人民用这几种符号记载万事万物，代替以前的结绳记事。让人民利用八卦占卜吉凶，希望得到神意的指示。除此之外，他还与女娲共同发明琴瑟，创作乐曲，以用于礼仪、宗教、占卜、巫术等活动；制定姓氏，将人们分为不同的氏族，他自姓为风氏。他的众多举措开启了人类最早的文化活动，使先民从蛮荒转入了早期文明。诸如此类，都可以说明，我们的始祖伏羲对人类所做的贡献，不仅仅局限于生存的物资层面，他同样也对人类的精神文明的进程，做出过同样不可磨灭的贡献。

作为第一个替天牧民的帝王，伏羲在他年老之后，主动禅让王位给后来的有能力的人。他也成为东方的天帝，同春神句芒一起治理着东方一万二千里的地方，掌管着一年四季中繁花似锦的春天。另外，伏羲集中了当时人们喜爱的几种动物特征，创造了综合马头、鹿角、蛇身、鱼鳞、鹰爪、鱼尾等许多动物特征的综合体，称之为"龙"，并自称"龙师"。从此龙成为华夏族图腾，中华民族始称龙的传人。

灶神穷蝉

灶神又称灶王爷，灶君，灶君司命。中国民间传说灶神每年腊月二十三日晚上，上天汇报，正月初四日返回人间。是神话传说中等级最低的地仙。

过去，每年农历腊月的二十三日或二十四日，农村都要过小年。这一天人们要做的事情，就是祭祀灶神。

灶神名叫穷蝉，传说他也是颛顼大帝的儿子。他去世后，被天帝封为灶神。灶神掌管炉灶后，人类才告别了**茹毛饮血**的原始岁月，在人类社会的文明历程中，灶神居功至伟，所以人们敬重他。但是灶神还有另外的一个身份，就是人类生活的纪律监督员，谁家干点儿什么坏事，只要他往玉帝那里一奏报，做坏事的都会遭到报应。

穷蝉做了灶神以后，掌管着**家家户户**的饮食起居。天帝规定：他每年腊月二十三日或二十四日，需要上天去汇报工作，禀报人们家里的事情。

为了让这位大神到天帝面前多为自家说好话，求得来年衣食丰盛，民间百姓每年到了这时候都要**敬奉**祭祀他，以讨得这位大神的欢心。

人们把灶神灌得**晕乎乎**的。一方面是让灶神喝多了，上了天什么都说不出来；另一方面是吃人的嘴短，让灶神不好意思说人家的坏话。

据说，为了防止灶神到天上去向天帝告状，人们特地为他准备了一种特殊的食品：胶牙糖。这种糖有点儿像今天的麦芽糖，非常黏，灶神吃完这种糖，牙齿被粘住了，向天帝奏明事情的时候就会含糊不清，说者、听者都只好**不了了之**。

羿杀六大凶兽

后羿为拯救天下苍生，射掉了九个太阳，这个神话故事家喻户晓，流传至今。但实际上后羿的辉煌战绩不止于此，除了射日之外，曾经有六大危害人民的凶兽，这六大凶兽，一个比一个厉害，一个比一个凶残，最后都惨死于后羿的箭下。

后羿为百姓解除了十个太阳一齐出现的灾难后，就马不停蹄，**日夜兼程**，开始捕杀危害人间的恶禽猛兽。

一种叫猰貐的怪物对中原百姓的危害最为严重。猰貐的形状像牛，长着红色的身躯，人一样的头脸，马一样的脚，号叫的声音像是婴儿在啼哭。它经常把人当成食物，不论男女老幼，一旦碰上它便要丧命。后羿没费多大力气，一箭就杀死了猰貐，并把它**碎尸万段**，叫它永世不得再生。

随后，后羿又来到中原的桑林，准备捕杀一头叫封豨的大野猪。

封豨长长的獠牙像两把利剑，一排猪鬃像千万根钢针，力气大得胜过大水牛。它在中原大地上横冲直撞，袭击行人，拱毁庄稼，所到之处，造成人畜伤亡，庄稼颗粒无收。后羿找到了封豨，见这野猪果然是个**庞然大物**，寻思起取胜的办法：像这么巨大的野猪，它的皮一定如铜铁般坚硬厚实，不如找准它的薄弱之处，以巧取胜。于是，他把封豨引到一棵大树旁边，做出攻击的样子。封豨见竟然有人要挡住自己的去路，不由分说，"呼哧呼哧"地撒开四蹄，朝后羿狂奔猛冲过来。后羿迅速闪到一边，避其锋芒。封豨没有撞倒后羿，用力过猛收不住脚，竟一头撞到大树上，两根锋利的獠牙深深刺进树干之中。说时迟，那时快，后羿搭箭弯弓，一箭射进封豨的肛门，穿肠过肚后从右眼露出，箭头钉进了树干。两根獠牙加一支利箭成三角形，将封豨牢牢钉死在大树上，再也动弹不了。后羿略施小计就杀死了封豨，为中原百姓又除了一害。

后羿顾不上**歇息**，杀死封豨后立即出发，到了一个名叫畴华的地方。这地方有一个人身兽头的怪物，出没村落，伤害百姓，这个怪物叫凿齿，它的嘴中能吐出五六尺长的舌头，舌头的形状像是一把锋利的凿子，因而得名。凿齿就是利用锋利舌头的快速伸出，以及坚固尖锐的牙齿来伤害人畜。凿齿因为从未遇到过对手，所以看到后羿来挑战并不畏惧，它拿着一面青藤编制的坚韧盾牌，摆开了架势准备与后羿决一雌雄。后羿搭上白羽箭，把**红彤彤**的硬弓拉得如同满月，"嗖"地一箭射出，箭直奔凿齿的命门而去。凿齿不慌不忙地把兽头微微一抬，闪电般伸出凿状的舌头，"当"的一声把箭挡落。后羿见状又射出一箭，这支箭直奔凿齿的胸膛而去。凿齿忙用盾牌护住。可是青藤编制的盾牌哪里抵挡得住曾经射爆太阳的神箭？箭头射穿盾牌，刺透凿齿的胸膛，这头恶贯满盈的怪兽顿时一命呜呼。

后羿杀死凿齿后，开始东征青丘泽。在青丘泽，有一只叫大风的鸷鸟在肆虐。大风也叫大凤，是孔雀中体型最大的一种。它性情凶悍，不仅咬杀弱小飞禽，还袭击人畜，成为这地方的一害。由于它飞行时速度极快，巨大的翅翼掠过的地方随之出现大风，所以人们就叫它大风。大风飞得再快，还能快过箭神后羿的飞箭吗？为了防止大风中箭受伤后还能飞出很远的路程，养好伤后再危害百姓，后羿在箭的尾羽上缚上了一根很细很长的青丝绳。后羿正在抬头寻找大风，大风正好"呼啦啦"地朝南边飞去。后羿一箭射中大风。大风中箭后果然仍旧死命地朝前飞去。后羿在下面紧紧拉住青丝绳，把大风拉了回来，然后再补上一箭，结果了大风的性命。

北方凶水一带有一个九头怪，后羿又日夜兼程赶到了北方凶水。这个九头怪长着九颗婴儿的脑袋，叫作九婴。有九颗脑袋就有九条命，每个脑袋的嘴巴都能喷出有毒的火焰。九道毒焰相互交错，构成一个威力巨大的火球，所到之处，烈焰腾腾，房屋起火，人畜烧死。九婴自恃自己的强大火力，丝毫不惧怕后羿。后羿知道九婴有九条命，射中一个头，它非但不会死，而且很快就能痊愈。所以，他再次使用连环发射的绝门技艺，九支箭同时穿透九颗脑袋，九婴的九条命没有一条逃脱正义的惩罚。

南方的洞庭湖中有一条巨蟒，经常出来兴风作浪，被它吞噬的渔民不计其数，住在这一带的百姓提起这条巨蟒就心惊肉跳。后羿赶到洞庭湖边，一位老渔民告诉他说："这条巨蟒足足有一百丈长，浑身都是铜钱一样厚的蛇鳞，形成黑白相间的花纹，吐出的舌头有三丈长，一口就能吞下十头猪、三头牛。"一位老奶奶说："这巨蟒叫的声音像公牛，我亲眼看见它一口吞下一只船。"还有人说："这巨蟒又叫巴蛇，已经三百岁，都成妖精了。"后羿驾起小舟，出没在洞庭湖的惊涛骇浪中，寻找巨蟒的踪迹。巨蟒听闻射日英雄后羿找上门来，心中害怕，便潜伏在湖底，想躲过惩罚。后羿足足寻了三天三夜，也不见巨蟒的踪影。他知道这怪物躲在水中，便舍弃弓箭，手持利剑，跃入深不可测的湖中，终于找到了巨蟒的藏身之处，与它展开了一场殊死战斗。后羿在水下施展不出神威，知道不能在水中恋战，便且战且退，将巨蟒引到了水面。后羿跃出水面，看准巨蟒的巨大脑袋，一剑劈去，削下了半个巨蟒头，蟒血喷涌而出，染红了半个湖面。岸上百姓的欢呼声越过千里湖面，传到四面八方。

后来，当地的人们把这条巨蟒的尸体拖到岸边，用蟒的骨头堆成了一座山，传说这就是现在的巴陵，又叫巴山。

龙 女 拜 观 音

"龙女"，佛经记述她是婆竭罗龙王的小女儿，是法华会上的有名人物。龙女自幼智慧通达，八岁时已善根成熟，在法华会上当众示现成佛。为辅助观世音菩萨普度众生，龙女又由佛身示现为童女身，成为观音菩萨的右近侍。

在观音菩萨身边，有一对儿童男童女，男的叫善财，女的叫龙女。龙女原是东海龙王的小女儿，生得**眉清目秀**，聪明伶俐，深得龙王的宠爱。一天，她听说人间放鱼灯，异常热闹，就吵着要去观看。

龙王捋捋龙须，摇摇头说："那里地偏人杂，可不是你龙公主去的地方啊！"龙女又是撒娇又是装哭，龙王总是不依。龙女嘟起小嘴巴，心里想道：你不让我去，我偏要去！好容易挨到三更天，便悄悄溜出水晶宫，变成一个十分好看的渔家少女，踏着**朦胧**的月色，来到放鱼灯的地方。

这是一个小渔镇，街上的鱼灯多极啦！有黄鱼灯、鳌鱼灯、章鱼灯、墨鱼灯、鲨鱼灯，还有龙虾灯、海蟹灯、扇贝灯、海螺灯、珊瑚灯……龙女东瞧瞧、西望望，越看越高兴，有时竟忘情地往人群里挤。不一会来到十字路口，这里更有趣哩！鱼灯叠鱼灯，灯山接灯山，五颜六色，光华璀璨。龙女似痴似呆地站在一座灯山前，看得出了神。

谁知这时候从阁楼上泼下半杯冷茶来，**不偏不倚**正泼在龙女头上。龙女猛吃一惊，叫苦不已。原来变成少女的龙女，碰不得半滴水，一碰到水，就再也保不住少女模样了。

龙女焦急万分，怕在大街上现出龙形，招来风雨冲塌灯会，于是不顾一切地挤出人群，狠命地向海边奔去。刚刚跑到海滩，突然"哗啦啦"一声，龙女变成一条很大很大的鱼，躺在海滩上**动弹不得**。

正巧，海滩上来了一瘦一胖的两个捕鱼小子，看到这条光灿灿的大鱼，一下子愣住了。"这是什么鱼呀！怎么会搁在沙滩上呢？"胖小子胆子小，站得远远地说："从来没有看过这种鱼，怕是不吉利，快走吧！"

瘦小子胆子大，不肯离去，边拨弄着鱼边说："不管它是什么鱼，扛到街上去卖，总能卖不少钱吧？"两人嘀咕了一阵，然后扛着鱼，上街叫卖去了。

那天晚上，观音菩萨正在紫竹林打坐，早将人间发生的事情看得**一清二楚**，不觉动了慈悲之心，对站在身后的善财童子说："你快到渔镇去，将一条大鱼买下来，送到海里放生。"善财道："菩萨呀，弟子哪有银两去买鱼呀？"观音菩萨笑着说："你从香炉里抓一把去就是了。"

善财点头称是，急忙到观音院抓了一把香灰，踏着一朵莲花，飞也似的直奔渔镇。这时，两个小子已将鱼扛到大街，一下子被观鱼灯的人围住了。有称奇的，有赞叹的，有问价的，叽叽喳喳，**议论纷纷**，可是谁也不敢贸然买这么一条大鱼。有个白胡子老头儿说："小子，这条鱼太大了，你们把它斩开来卖吧？"胖小子一想，觉得老头儿说得有理，于是向肉铺借来一把斩肉斧，举起来就要斩鱼。

突然，一个小孩子大声喊道："快看哪！大鱼流眼泪了。"胖小子停斧一看，大鱼果然流着两串晶莹的眼泪，吓得丢掉斩肉斧就往人群外面钻。瘦小子怕没人买大鱼，赶紧拾起斩肉斧要斩，却被一个**气喘吁吁**赶来的小沙弥阻止住了："莫斩！莫斩！这条鱼我买下了。"众人一看，十分诧异："小沙弥怎么买鱼来了？"

那个老头儿哼了一声，翘着山羊胡子说："和尚买鱼，怕是要开荤还俗了吧？"小沙弥见众人冷语讥笑，不觉脸红了，赶紧说："我买这条鱼是去放生的！"说着，掏出一撮碎银，递给瘦小子，并要他们将鱼扛到海边。瘦小子暗自高兴："卖出去了！扛到海边，说不定等小沙弥一走，依旧能把这条大鱼扛回来呢！"他招呼胖小子扛起大鱼，跟着小沙弥向海边走去。

三人来到海边，小沙弥叫他们将大鱼放到海里。那鱼碰到海水，立即打了一个水花，游出老远老远，然后掉转身来，同小沙弥点了点头，倏忽不见了。瘦小子见鱼游走了，这才断了再捉回来的念头，摸出碎银，要分给胖小子。不料摊开手心一看，碎银变成了一把香灰，被一阵风吹得**无影无踪**。转眼再找小沙弥，也不知去向了。

东海龙宫里自从不见了小公主，宫里宫外乱成一窝蜂。龙王气得龙须直翘，海龟丞相急得头颈伸出老长，守门官蟹将军吓得乱吐白沫，玉虾宫女怕得跪在地上打战……一直闹到天亮，龙女回到水晶宫，大家才松了口气。龙王瞪起眼睛，怒气冲冲地呵斥道："小孽畜，你胆敢犯宫规，私自外出！说，到哪里去了？"

龙女一看龙王动了怒，知道撒娇也没有用了，便照实说："父王，女儿观鱼灯去了，要不是观音菩萨派善财童子来救我，女儿差点儿没命！"接着将自己的遭遇讲了一遍。龙王听了，脸上黯然失色。他怕观音将此事讲出去，让玉皇大帝知道了，自己就得落个"教女不严"的罪名。他越想越气，一怒之下，竟将她逐出水晶宫。

龙女伤心极了，茫茫东海，到哪里去安身呢？第二天，她哭哭啼啼地来到莲花洋。哭声传到紫竹林，观音菩萨一听就知道是龙女来了，她吩咐善财去接龙女上来。善财蹦蹦跳跳地来到龙女面前，笑着问道："龙女妹妹，你还记得我这个小沙弥吗？"龙女连忙揩掉眼泪，红着脸说："你是善财哥哥呀？你是我的救命恩人呢！"说着就要叩拜。善财一把拉住了她："走，观音菩萨叫我来接你呢！"善财和龙女手拉手走进紫竹林。龙女一见观音菩萨端坐在莲台上，俯身便拜。观音菩萨很喜欢龙女，让她和善财像兄妹一样住在潮音洞附近的一个岩洞里，这个岩洞后来称为"善财龙女洞"。

从此，龙女就跟了观音菩萨。可是龙王反悔了，常常叫龙女回去。龙女依恋着普陀山的风光，再也不愿回到禁锢她的水晶宫去了。

仙山传说

归墟里面有五座神山，这五座神山都是漂浮在大海上的，下面没有生根，一遇风波，便会漂流不定。天帝知道了这件事情，担心这几座神山会漂流到天边去，会使诸神无家可归，于是便叫海神禺强，派十五只大乌龟，去把五座神山用背驮起来。这样一来，神山果然稳定了。有一年，龙伯国的巨人来到这里，无意间把其中六只乌龟钓走了，导致两座神山飘走了，山上的神仙也没了去处……

残破的天地虽然给女娲**修补**好了，但毕竟不能完全恢复原来的状貌。据说：从此以后，西北的天空，就略有点儿倾斜，所以太阳、月亮、星星都不自觉地要朝那边跑，落向倾斜的西天；东南的大地，陷下了一个深坑，所以大川小河里的水，也都不由自主地要朝东南奔流，将水**源源不断**地灌注到那里，就成了海洋。

人们或许会发愁：大川小河的水，这么天天地向海洋灌注，难道海洋就没有涨满的一天吗？如果涨满了，海水漫出

来，怎么办呢？人类岂不是又要遭祸殃吗？

请不要发愁。据说在渤海的东边，不知道几亿万里的地方，有这么一个大壑，这个大壑的深，简直就深得没底，名叫"归墟"。百川海洋里的水，通通往这儿流。归墟里面的水，总保持平常的状态，既不增加，也不减少——哦，既然有这么个无底大壑来容纳百川海洋的水，当然就用不着我们发愁了。

归墟里面，有五座神山，就是岱舆、员峤、方壶、瀛洲、蓬莱。每座神山高三万里，底部直径也是三万里。山和山的距离是七万里。山上有黄金打造的宫殿，白玉筑成的**栏杆**，是神仙们的安乐的家。那上面所有的飞禽走兽都是白色。到处都有着生长珍珠和美玉的树，这些树也开花也结果子，结的果子就是美玉和珍珠，味道很不错，吃了可以长生不老。仙人们都穿着纯白的衣裳，背上生有小小的翅膀。常见这些小仙人，在大海上面，在碧蓝的高空中，像鸟一样自由地飞翔着，往返于五座神山之间，**探望**他们的亲戚朋友。仙人们的生活委实是快乐而幸福的。

在快乐幸福的生活中，就只有一桩事情不妙：原来这五座神山都是漂浮在大海中的，下面没有生根，一遇风波，便会漂流无定，这对于神仙们彼此往来，颇有些不便。

有了这样的困难，他们就派代表到天帝那里去诉苦。

天帝知道了这种情由，实在也怕几座神山漂流到天边去，使得诸神无家可住。因而便叫海神禺强，派十五只大乌龟，去把五座神山用背驮起来。一只驮着，其余的两只便在下面**守候**着，六万年交换一次，轮流负担。

这样一来，神山稳定了，住在山上的神仙们，都欢天喜地

地、平安地过了若干万年。

不料有一年，却有一个龙伯国的巨人来到这里，做了一次无心的**捣乱**。

大约因为他闲着没事，有些发闷，带了一根钓竿，到大洋中来钓鱼。走了没有几步，这几座神山便给他周游遍了。举起钓竿来一钓，啊呀，**接二连三**地，被他钓上来了六只大乌龟。他不管三七二十一，背着这几只乌龟，回家去了。可怜岱舆和员峤两座神山，却因此漂流到北极去，沉没在大海里了。住在这两座神山上的神仙们，都慌慌忙忙地搬家，带着箱笼帐被在天空中飞来飞去，累得满头大汗。

天帝知道了这件事情，**大发雷霆**，便把龙伯国的土地削小，把龙伯国人的身量缩短，以免他们再出去到处惹祸。到伏羲、神农的时候，这一国人的身量虽然已经缩短到无法再短了，但据当时一般人看来，他们还有好几十丈高呢。

归墟里的五座神山，沉没了两座，还剩三座，就是蓬莱、方壶和瀛洲，那些大乌龟还在用它们的背背负着神山，直到以后若干万年，没再听说出过什么乱子。

丹朱化鸟

尧娶了宜氏的一个姑娘，名叫女皇，女皇生了丹朱。丹朱自幼凶恶残暴，无恶不作。因为丹朱德行不好，尧就把他流放到丹水附近做诸侯。可是丹朱并不服气，联合三苗想要叛乱。后来尧在丹水之滨与他们大战了一场。

尧有十个儿子。十个儿子当中，丹朱是年纪最大的，可也是最不成器的一个。

丹朱为人骄傲暴虐，常常喜欢和伙伴们带了随从、臣仆，到各地去漫游，稍有不如意的地方，就要迁怒于人，大发脾气，**虐待**他的臣下。

那时候洪水为患，弥漫天下，丹朱出去游玩，总是坐船去。他渐渐习惯了水上的生活，对于人民的疾苦满不在乎，倒是觉得坐着船出去东游西荡非常有意思。

后来洪水被大禹治理平息了，有些地方水浅，不能通船，任性的丹朱就不分昼夜地叫人替他推着船走，称之为"陆地行舟"。船在泥沙和水草之间摩擦着，**颠簸**着，发出"咯吱咯吱"的声响。推船的人累得气喘吁吁，**汗流浃背**，丹朱和他的伙伴们却在船上吃喝玩乐，哈哈大笑，脸上表现出毫无心肝的兴奋神情。

不出去玩的时候，丹朱和他的伙伴们干脆就关起门来，在家里为所欲为，他们什么坏事都干得出来，闹得实在有些不像话。

丹朱的弟弟们见哥哥这样**胡作非为**，也都不服他的管教，弟兄们时常发生内讧，彼此间纷争不休。

尧看见丹朱性情太恶劣，教育无效，心中暗自焦急。他因此创制了围棋这种游戏来教给丹朱，希望能够在潜移默化中改善丹朱的性情，使他能够改邪归正。

哪知道丹朱对于围棋这玩意儿，起初还觉得新鲜有趣，曾经专心致志地研究过一段时间。但玩了一些时候，就觉得有些腻味。他自己忽然**异想天开**，创造了另一种棋。他选择了一片平原旷野，叫人按着棋局的格式在那里遍栽桑树，他和他的朋友们就各据一方，用桑树来做棋局，用犀牛和大象来做棋子，指挥着它们进退周旋，觉得比他父亲的围棋更是趣味无穷。后来他连这也玩厌了，便扔开它，仍旧和他的那帮朋友去胡闹。

尧知道丹朱实在没有能力担当执掌国家的重任，便决定把国君的位置禅让给舜。但又唯恐丹朱不服气，聚集他那帮恶朋歹友从中捣乱，便颁下诏命，把丹朱放逐到南方的丹水去做诸侯，由后稷监督着，即日动身起程。

那时住在中原的一个叫"三苗"的部族，和丹朱的关系非常好，对于尧把天下让位给舜这件事，很不以为然，首先起来反对尧。

尧是个正直的人，他的政治主张并不因为三苗的反对而发生改变，马上派遣军队去攻打，三苗的首领抵抗不住正义的王师力量，终于被擒伏诛。

剩下的三苗部众，便只好携儿带女，随同被放逐的丹朱迁徙到南方去，并在丹朱放逐地的丹水附近定居下来。他们在南方定居后不久，势力又逐渐强大起来，于是和满腹怨气的丹朱在一起，以丹朱为首，酝酿着**卷土重来**，再度进攻中原，推翻尧的统治，彼此平分天下。

没想到事情败露，消息传到尧的耳朵里。智慧高远并且勇敢坚毅的尧，早就料到有此一招，于是他不慌不忙，开始调兵遣将，亲自挂帅，统领大军到南方去平定乱事。

丹朱和三苗的联盟，还没有准备停当，就听说尧的大军已来，急忙整顿旗鼓，与尧的大军**对峙**。父子俩的军队，就在丹水上展开了一场大战。

丹朱已经习惯了水上的生活，就由他统率水军。他所统率的水军，一个个都能在水面上行走，快步如飞。原来丹水里出产一种鱼，名叫丹鱼，这种鱼每到夏至前十天，便常从水底浮游到岸边来，鳞甲**红光闪闪**，在夜间望去，就像是火焰一样，割取它们的血，涂在足上，就可以涉水如履平地。丹朱的水军人人都有这种本领，因此在战争的开始阶段，尧在水军这方面，竟不是儿子的对手，接连吃了好几个败仗，免不了损兵折将。

幸而由三苗统率的陆军，除了勇猛强悍以外，没有其他的特殊技能，因此尧的军队在陆地上对付三苗的军队就绰绰有余了。终于，靠尧的智谋和当地人民的帮助，尧的军队首先击溃了三苗的陆军，使它不能和丹朱的水军配合作战，然后又用谋略将丹朱的水军也一并击溃。于是这场声势浩大的叛乱，便再度以尧的胜利而宣告结束了。

失败的丹朱，带着他少数的部众，**落荒而逃**，一直逃到了南海。面对茫茫的大海，进不能进，退不能退。丹朱觉得自己再没有脸面活在世间，就跳到大海里自杀了。死后他的魂灵变成了一只鸟，这鸟的名字就叫"朱"，形状有些像猫头鹰，一对儿脚爪却好像是人的手，它出现在哪里，哪里的士人就将要被放逐。

他的子孙，聚居在南海的附近，渐渐成为一个国家，叫"谨头国"或"谨朱国"。这些人的相貌长得非同一般：人的脸，鸟的嘴，常用他们的鸟嘴在**海滨**捕鱼。背上长有翅膀，却无法飞翔，只能当成拐杖扶着走路。

谨头国的附近便是三苗国，就是由和丹朱一同造反失败的三苗的子孙聚居于此而成国的。三苗国的人也都生有翅膀，翅膀生在腋下，很小，也只能点缀观瞻而不能飞行。

干将莫邪

干将，春秋时吴国人，是楚国最有名的铁匠，他打造的剑锋利无比。楚王知道了，就命令干将为他铸宝剑。他与妻子莫邪奉命为楚王铸成宝剑两把，一曰干将，一曰莫邪。干将知道楚王性格乖戾，在将雌剑献与楚王之前，将雄剑托付妻子传给儿子，后来干将果真被楚王所杀。他的儿子成年后将楚王杀死，为父报仇。

相传干将为楚王铸剑，历时三年之久才铸造成功雌、雄二剑。楚王觉得他办事不力，非常**恼怒**，想要杀掉他。当时，干将的妻子莫邪怀孕了，已快要生产。干将对妻子说："我为楚王铸剑，三年才**铸造**成功，楚王一定很生气，这回我去送剑，恐怕难逃一死。你生的孩子如果是个男孩，长大后告诉他说，出门去望南山，松树生在石头上，宝剑就在树背上。"说完，他便带了雌剑去见楚王。

干将见到楚王后，楚王便叫剑工前来查看这剑，剑工说："剑原有两把，一把雄剑，一把雌剑，这把剑是雌的，干将没有奉上雄剑。"楚王听罢大怒，便把干将杀了。

干将死后，莫邪生了一个男孩，起名为"赤鼻"。赤鼻长大后，便问他母亲道："我为什么从来没有见过我爹，他在什么地方呢？"母亲说："你爹为楚王铸剑，三年才铸造成功，楚王恼怒，把他杀了。你爹去时嘱咐我告诉你：'出门去望南山，松树生在石头上，宝剑就在树背上。'"于是赤鼻走出门去，向南一望，并没看到有什么山，回头一望，只见堂前础石上有几根松木柱子。他心里想这或许就是"松树生在石头上"吧，便去拿来一把板斧，把靠近门的一根柱子从背后劈破，果然从里面取出了那把雄剑。赤鼻得到这把剑后，不论白天黑夜，都想着要杀掉楚王，为父亲报仇。

有天晚上，楚王做梦，梦见一个额头很宽的孩子，两眉之间，阔有一尺，说要来为父报仇。楚王便悬了千金重赏，到处张贴榜文，画影捉拿梦中所见的奇怪孩子。赤鼻听到榜文所描述的情况，和自己颇为相像，便赶紧逃进深山去暂时躲藏起来，在山道上行走时，想到父仇未报，不觉悲从中来。

这时，深山里突然出现一个来自他乡的客人，看到他如此悲哀，就同情地问他道："你小小年纪，为什么哭得如此悲哀啊？"赤鼻说："我是干将和莫邪的儿子，楚王将我爹杀害了，我想报这杀父之仇。"他乡客说："听说楚王悬了千金重赏买你的头，拿你的头和剑来，我为你去把这仇报了。"赤鼻说："那实在是太好了。"说罢毫不犹豫地抽出宝剑，割下自己的头来，两手捧着头和宝剑，一齐交到他乡客的手里，身子却还僵立在那里。他乡客说："你放心，我绝不会让你失望的！"尸体这才倒了下去。

他乡客带着赤鼻的头去见楚王，楚王欢喜不已。他乡客说："这是一颗勇士的头，应当把它放到汤锅里去**烹煮**，直到肉烂为止，以免以后成精作怪。"楚王按照他的话去做了，把头放到汤锅里煮了三天三夜都没煮烂，头还几次从汤锅里跳出来，圆睁着一对儿**愤怒**的眼睛。他乡客说："这孩子的头总也煮不烂，还望大王亲自来看看，借大王的威风压他一压，自然就会烂了。"楚王这时也没有别的办法，只好慢慢走到锅边来。他乡客迅速地抽出宝剑，向楚王脖颈一挥，楚王的头就掉进了汤锅里。然后，他又把剑向自己脖颈一挥，头也掉进了汤锅里。汤锅沸腾着，霎时间三颗头都煮烂了，再也**分辨**不出哪个是楚王的头。

楚王的人没有办法，只好连骨带肉分成三份，用瓦罐装着，分别埋葬，并修造了三座坟墓，笼统地称为"三王墓"。

吕洞宾画鹤

吕洞宾来到洞庭湖畔的一家小酒店中，他听附近的人们说，这家小酒店的主人辛氏为人宽厚、乐善好施、童叟无欺。吕洞宾想看看店主为人是否如传言的那样，于是决定试探一下，那么事实是人们所说的那样吗？

吕洞宾经过汉钟离的十试，修炼后便成了仙人。于是，他云游四海，普度众生。

一天，吕洞宾来到洞庭湖畔的一家小酒店中。他听附近的人说，这家小酒店的主人辛氏为人宽厚、乐善好施、童叟无欺。虽然顾客也不算少，但家境并不富裕，仅够糊口。

吕洞宾想看看店主为人是否如传言的那样。于是信步进了酒店，拣一处靠窗的座位坐了下来，呼唤店主辛氏为他上酒菜。

店主辛氏见吕洞宾，身着黄色长衫，腰系黑色丝带，头戴一方华阳巾，双眉入鬓，凤眼朝天，仙风道骨，一看就不是等闲之辈，对他毕恭毕敬地伺候。可是，吕洞宾酒足饭饱之后，

却分文不付，大摇大摆地离店而去。

店主辛氏竟也没有向他讨要酒饭钱。第二天中午，吕洞宾又到辛氏酒店大吃大喝了一顿，仍然是一句话不说，一分钱也不付，抹抹嘴巴就走。就这样，他一连在这家小酒店中吃喝达半年之久，而店主辛氏一直没有开口向他要账。

这一天，吕洞宾又来到辛氏的酒店饮酒，酒足饭饱之后，他把店主辛氏叫过来，对他说："我欠你的酒账太多了，现在请你给我拿几个鲜橘子来。"店主辛氏听了莫名其妙，心想：欠的酒账与橘子又有什么关系呢？虽然疑惑，但还是答应着，给吕洞宾拿来了几个刚刚摘下来的鲜橘子。

只见吕洞宾接过橘子，剥下几片橘皮，走到酒店正面的白墙前面，在雪白的墙上画了一只黄鹤。这鹤与真鹤一般大小，画得**栩栩如生**，仿佛马上就要展开翅膀飞起来了。

吕洞宾对店主辛氏说："这鹤只要你招呼它一声，它就会飞下来，按照你歌声的节拍，跳起舞来。现在就用这只鹤来报答你对我的款待吧！"吕洞宾说完扬长而去。

后来，客人们来这里饮酒，辛氏只要招呼它

一声，那黄鹤就真的应声从墙上下来，在客人面前跳出**多姿多彩**的舞蹈，为客人们助兴。跳完后，它还会自动飞回到墙上去。人们听说了这件事，都觉得非常奇异，便想亲眼看一看，于是都**争先恐后**地从四面八方赶来这里饮酒，借此一睹黄鹤起舞的风采。店主辛氏的生意越来越好，没几年他就成了当地的一个大富翁。

这一天，吕洞宾又来了。店主人辛氏一见是自己的恩人来了，立即摆上美酒佳肴，热情地款待。席间，吕洞宾问店主辛氏："近来生意如何，客人来得多吗？"

店主辛氏非常高兴地说："托您的洪福，自从您给我画了那鹤之后，我这里每天顾客盈门，我现在的生活已经很富裕了。"

吕洞宾听罢，便取出玉笛，吹了一曲，那黄鹤便从墙上飞落了下来。吕洞宾跨上鹤背，黄鹤展开翅膀，腾空而去。

鲤鱼跳龙门

在很早以前，不知从哪儿飞来一条大黄孽龙，作恶多端。有一个小姑娘叫玉姑，她下决心，要除掉这条恶龙，为民除害。玉姑得到鲤鱼仙子的指点，变成一条大红鲤鱼，打败了恶龙。但玉姑也因此付出了生命。

　　庙峡，又名"妙峡"。两座巍峨雄奇的凤凰大山，拔水擎天，夹江而立，**引人入胜**的鲤鱼跳龙门，活灵活现，雄奇壮观。进入峡谷，两山雄峙，悬崖叠垒，峭壁峥嵘，壁峰刺天；奇特的岩花，依壁竞开，把峡谷装缀成仙境一般。

　　这个神奇美妙的峡谷，流传着一个优

美动人的故事。在很早以前，龙溪河畔的乡民，男耕女织，过着**安居乐业**的美满生活。有一年，不知从哪儿飞来一条大黄龙，作恶多端。它不是呼风唤雨破坏庄稼，就是**吞云吐雾**残害生灵，把整个峡谷搞得乌烟瘴气，不得安宁。每年六月六日它生日这天，更是强迫人们献上一对儿童男童女，十头大黄牛和一百头猪、羊等物供它享用。如果不这样，它就发怒作恶，张开血盆大口，蹿上村庄吞噬人畜，破坏田园。沿河百姓怨声载道，叫苦连天。

峡口的龙溪镇上，有一位聪明美丽的小姑娘，名叫"玉姑"，她下决心，非除掉这条恶龙不可。有几次，她登上云台观去找云台仙子求救，都未找着。她仍不灰心，继续去找。这

天清晨，她登上云台观，仙子被玉姑**心诚志坚**的精神感动了，就出现在她面前，指点她说："离这儿千里之外有个鲤鱼洞，你可前去会见一位鲤鱼仙子，她定能相助于你。"玉姑辞别云台仙子，**跋山涉水**，历尽千辛万苦，来到鲤鱼洞中，找到鲤鱼仙子，说明来意。鲤鱼仙子对玉姑说："你想为民除害，这是件大好事，可是必须牺牲你自己呀！你能这样做吗？"玉姑毫不犹豫地说："只要能为乡亲们除害，消灭那恶龙，哪怕是上刀山，下火海，**粉身碎骨**我也心甘！"鲤鱼仙子见玉姑这样诚恳坚决，十分满意地点了点头，朝玉姑喷了三口白泉，玉姑顿时变成了一条美丽的红鲤鱼。大红鲤鱼逆江而上，经过七七四十九天，游回家乡。这天正是六月六日清晨，她摇身变回原貌，见乡亲们已准备就绪：一对儿童男童女，十头大黄牛，一百头猪、羊。人们敲锣打鼓，宛如一条长龙向祭黄龙的峡口走来，前面那一对儿身着红衣红裙的童男童女，早已哭成泪人了。黄龙见百姓送来盛餐佳肴，早已垂涎三尺，得意地张开大口。就在这千钧一发之时，玉姑抢先上前，拦住父老乡亲们说道："大家在此暂停等着，让我前去收拾这个害人精。"话刚说完，只见玉姑纵身跳入水中，霎时变成一条大红鲤鱼，**腾空飞跃**，直朝恶龙口中冲去，一下蹿进它的肚中，东刺西戳，把龙的五脏六腑捣得稀烂，恶龙拼命挣扎，浑身翻滚，但**无济于事**，终于被玉姑杀死了。可是，玉姑自己也葬身在黄龙腹中。

从此，大家又过着安居乐业的日子。人们为了**缅怀**玉姑，在峡口半山腰修建了一座鲤鱼庙。

嫦娥奔月

与月亮有关的神话中，数"嫦娥奔月"的故事最为脍炙人口，且又家喻户晓。文学作品里，也有很多文人以这个美丽动人的传说作为写作题材，如李商隐的"嫦娥应悔偷灵药，碧海青天夜夜心"。

后羿不辞辛劳，经过了**千山万水**的长途跋涉，终于带着不死药高高兴兴地回到了家里。

在回家的路上，后羿就已经做出了自己的决定。后羿清楚地记得西王母说过的话。西王母说，不死药若分成两人吃可以长生不死，若一人吃则会飞升成仙。后羿非常爱妻子嫦娥，也厌倦了天庭里**尔虞我诈**的权势争斗。因此，他是绝不会独自吃下神药飞升成仙回到天庭的。

后羿一回到家，就马上把不死药交到了妻子嫦娥的手中，并且把西王母对自己说的一番话也都毫无保留地告诉了妻子嫦娥。夫妻俩商量好了，次日天明，一起吃下长生不死药。

嫦娥看到后羿顺利地取回了不死神药，心里十分**宽慰**。她想到自己今后虽然不能再上天庭，但能和其他神仙一样不用担心生老病死了，心里有说不出的高兴。

就这样，嫦娥一夜没睡好。到了三更，她趁着后羿还在熟睡，悄悄地打开后羿交给她的不死神药。只见，里面一块红色的布包裹着一只很精致的葫芦。她轻轻地摇晃着葫芦，葫芦里面传来清脆的响声。

嫦娥心想：何不打开看看这不死神药到底长什么样？

于是，她便拧开了葫芦，从里面滚出了几粒金黄色的小药丸。嫦娥凑到窗前借着月光仔细数了数，一共有六粒。

看着这些神奇的药丸，嫦娥不禁幻想着自己又变成了仙女，穿着华丽的衣服，住在漂亮的宫殿里，每天享用山珍海味，被众多的侍女**簇拥**着……

一阵凉风吹来，嫦娥的思绪回到了现实中。她低头看了看自己穿的是破旧的麻布衣服，住的是茅草搭建的小屋，吃的是**粗茶淡饭**。唉！这日子什么时候才是个头呢？

她手里捏着的葫芦滑落到地上，金黄色的小药丸滚了出来。嫦娥急忙捡起小药丸，正准备往葫芦里放时，看了看熟睡的后羿，心想：反正早晚都要吃的，早点儿吃岂不更好？

想到这里，嫦娥把其中的三粒小药丸吃了下去，把剩下的三粒小药丸仍旧放回葫芦，照旧包好了包袱，重新躺回到后羿身边。

嫦娥久久不能入睡。她翻来覆去，脑海中总是重复出现一个画面：一个华丽的自己，一个由众多侍女簇拥着的自己。这时身边的后羿翻动了一下身子，嘴里喃喃地发出声音，脸上露出了舒心的微笑。嫦娥想后羿大概觉得现在已经很满足了吧！

嫦娥再也睡不着了，她翻身坐了起来，耳边突然响起了西王母的话：**倘若**一人吃了它，就会飞升成仙，回到天庭。回到天庭！这时，嫦娥的脑子里闪过一个念头：既然后羿已经很满足现在的生活了，我何不成全了他也成全了自己呢？嫦娥的确过不惯清苦的生活，一直向往着过去在天庭里的日子。

想到这里，嫦娥起身，又重新打开了那只葫芦，把剩下的三粒小药丸毫不犹疑地吃了下去。

果然，奇迹发生了。嫦娥渐渐地觉得自己的身体变得飘逸起来，双脚也逐渐离开了地面，不由自主地飘出了窗口……

外面的夜空真的很美，**皎洁**的明月升在空中，周围繁星闪烁。嫦娥一阵欣喜，觉得自己真的自由了，终于能了却自己多年的夙愿了。

　　嫦娥一直飘升着，可升得越高她的心里就越不踏实，因为自己背弃了后羿。如果到了天庭，不仅会遭到众神们的嘲笑，也会遭到姐妹们的唾弃。正当嫦娥犹疑不决时，看到不远处圆圆的皓月。啊！月宫，嫦娥一阵欣慰——这是个好去处。嫦娥决定直奔月宫。

　　可是到了月宫以后，嫦娥才发现这里并没有自己想象的好。

　　月宫里出奇地冷。除了一只白兔、一只蟾蜍和一棵桂树，就什么也没有了。

　　看着眼前的这一切，嫦娥的心也凉了。

　　她想起了后羿平日对她的好和人世间的温情，不由得后悔了起来。

伏羲画卦

伏羲时常盘坐卦台山巅，苦思宇宙的奥秘，仰观日月星辰的变化，俯察山川风物的法则。有一天，伏羲捕捉到一只白龟，还碰到一只怪物，伏羲见怪物背上的花纹奇特，便将花纹记下。事后仔细研究，白龟突然游到他面前，伏羲看到白龟龟壳，骤然心胸震撼，太极神图深切映入他的脑海之中，他顿时目光如炬，彻底洞穿了天人合一的密码。

传说伏羲因为制造八卦，被人们奉之为天神，尊其为八卦祖师。远古时代，人对大自然**一无所知**。天气会变化，日月会运转，人会生老病死，所有这些现象，谁也不知道是怎么回事。人们遇到无法解答的问题，都去问伏羲，伏羲解答不了时，人们就会感到很茫然，每天提心吊胆地过日子。伏羲经常**环顾四方**，揣摩着日月经天、斗转星移，猜想着大地寒暑、花开花落的变化规律。他看到中原一带蓍草茂密，开始用蓍草为人们卜筮。

有一天，伏羲在蔡河里捕鱼，捉到一只白龟，他赶快挖了一个大水池，把白龟养了起来。一天，伏羲正在往白龟池里放食物，有人跑来说蔡河里出了怪物。他来到蔡河边一看，只见那怪物说龙不像龙，说马不像马，在水面上走来走去，如履平地。伏羲走近水边，那怪物竟然来到伏羲面前，老老实实地站那儿**一动不动**。伏羲仔细审视，见那怪物背上长有花纹：一、六居下，二、七居上，三、八居左，四、九居右，五、十居中。伏羲薅一节著草梗，在一片大树叶上照着怪物背上的花纹画下来。他刚画完，怪物大叫一声腾空而起，转眼不见了。大家围住伏羲问："这是个什么怪物呀？"伏羲说："它像龙又像马，就叫它'龙马'吧。"

伏羲拿着那片树叶，琢磨上面的花纹，怎么也解不开其中的奥妙。这天他坐在白龟池边思考，忽听池水哗哗作响，定睛一看，白龟从水底游到他面前，两眼**亮晶晶**地看着他，接着向他点了三下头，脑袋往龟壳里一缩，卧在水边不动了。他面对白龟**聚精会神**地观察起来。渐渐地，他发现白龟龟壳的花纹中间五块，周围八块，外圈十二块，最外圈二十四块，顿时明白了，悟出了天地万物的变化规律：唯一阴一阳而已。于是伏羲根据白龟龟壳的花纹画出了八种不同图案，即八卦图。

洛水女神宓妃

　　洛水女神宓妃，是中国先秦神话中，黄河之神河伯的配偶，司掌洛河的地方水神。河伯非常好色，易于变心，与宓妃的感情早已变质。一天，宓妃与后羿邂逅，两人产生情愫。后羿与宓妃相爱的消息传到左拥右抱享尽艳福的河伯耳中，河伯嫉妒后羿，于是偷袭后羿，但反被后羿射伤。

　　后羿满载猎物归家，却失去了爱妻，失去了灵药，他怔怔地望着窗外的星空，仰天长啸，他愤怒，继而痛苦，继而消沉，直到在洛水之滨**邂逅**了洛神宓妃。

　　宓妃是东方木德之帝伏羲的女儿，渡洛水覆舟淹死，成了洛神。她美得异乎寻常："翩若惊鸿，婉若游龙。荣曜秋菊，华茂春松。仿佛兮若轻云之蔽月，飘摇兮若流风之回雪。远而望之，皎若太阳升朝霞；迫而察之，灼若芙蓉出渌波。"她与黄河之神河伯门当户对，**顺理成章**地结为夫妇。

　　新婚宴尔，河伯陪伴宓妃乘坐龙挽荷盖的水车，腾波冲浪，从下游九河直上河源昆仑，流连于良辰美景，又手牵着手

东行，回归新居鱼鳞屋、紫贝阙。

然而，人无千日好，花无百日红。河神易于变心，爱情的火花很快就让时间的流水浇灭了。河伯吩咐巫妪每年替他挑个妙龄少女做新娘，并警告两岸百姓："若不为河伯娶妇，水来漂没，溺其人民。"

宓妃内心也厌倦了**狂妄自大**的河伯，厌倦了轻靡浮华的生活，她乐得脱身返回洛水，时而在水面拾取漂浮的翠羽，时而入潭心采集深藏的明珠，可夜静月明时，她会感到无助，感到空虚，她需要一双有力的臂膀，需要一个温暖的怀抱。

或许是天意作合，后羿追逐羚羊来至洛滨，与宓妃不期而遇。他俩一个是侠骨热血的寂寞英雄，一个是**柔情似水**的孤独美人，彼此目光接触，便再也移不开，他俩明白，"众里寻他千百度"的另一半近在眼前。

后羿与宓妃相爱同居的消息传到左拥右抱、享尽艳福的河伯耳中，一方霸主的自尊令他恼羞成怒。他惧怕后羿的神箭，不敢当面对决，暂且化为一条白龙，探头探脑地浮在水面盯梢。

白龙出水，龙卷风起，与宓妃并骑驰骋的后羿见百姓又要遭殃，返身一箭，射中白龙左目，那河伯负痛，捂住伤口窜入河底。

独眼龙河伯哭上天庭，请求天帝杀了后羿为他报仇。帝喾（kù）正为以前待后羿太不公平而有些内疚，因此不耐烦地打断了河伯的**喋喋不休**："你规规矩矩安居水府，谁能射你？你无端化为虫兽，当然会被人捕杀。后羿又有什么过错呢？"河伯黯然溜回黄河，从此睁一只眼、闭一只眼，再也不出头了。

吴刚伐桂

　　吴刚伐桂是中国古代神话传说之一。传说月宫中有一个人叫吴刚，每天都在砍伐桂树，可是桂树却随砍随合，吴刚就这样永无休止的劳作。

　　从前西河有一个叫吴刚的人。他身强力壮，嗓门特别大。只要他吆喝一声，顺手就可以从泥土里拔起一棵一人高的小树。

　　可是吴刚做起事情来很没耐心，学了三天铁匠手艺就嫌太热，当了五天布店学徒又嫌太麻烦，后来干脆回家去学种田。

　　但是他依然没有耐心，刚撒下种子，就想马上看到果实。好不容易等到种子发了芽，他又**隔三岔五**地去掘开泥土看看它是否在长，三弄两弄，幼苗死了，地也荒废了。

　　吴刚心里总是想着要做既省力又光彩的事情。

　　一天，他无意间看到别人在**求神拜佛**，就想：为什么自己不去做神仙呢？做个神仙多好哇！于是，吴刚决心去做神仙。

　　这次，吴刚下了很大的决心。他整整跨过了一百条河，翻过了一百座山，走破了一百双鞋子，终于在老松树下找到了白胡子的神仙。吴刚双手抱拳向他说："老神仙，我走了老远的路，才找到了您，请您快点儿教我做神仙的方法吧！"

白胡子老神仙摸着自己的胡子说："做神仙，可不是闹着玩的，得下许多功夫，你做得到吗？"吴刚**唯恐**老神仙不肯收留自己，忙不迭地点着头，连声说："一定做得到！一定做得到！"白胡子神仙看吴刚**诚心诚意**的样子，就说："学做神仙，首先要懂得给人治病，解除别人身上的痛苦，明天你就先跟我进山学采药吧！"

吴刚想："这太简单啦！"就跟着白胡子神仙去采药，一连爬了十天的山。白胡子神仙很细心地告诉吴刚，这种草药能治什么病，那种草药能治什么病。吴刚还没听完心就烦了，不高兴地嚷道："神仙应该**逍遥自在**，您为什么要我辛辛苦苦爬山采药呢？"

神仙笑着说："我爬山采药的时候，想到能够帮助别人就感到快乐，一点儿也不觉得辛苦哇！"吴刚皱着眉头叫道："神仙应该在天上飞来飞去才对。"

白胡子神仙看吴刚不耐烦的样子，摇了摇头说："我看你根本不懂得做神仙的道理。这样吧！我们不采药了，我给你一本天书，你好好读一读，把天地万物的道理弄懂了再说。"

吴刚把天书接过来，问："把这本书读懂了，是不是就可以变成神仙了？"白胡子神仙说："你只有把道理学通，心里才会觉得亮堂，那时候再学仙，就容易多了。"

白胡子神仙的一番话，让吴刚的心静了下来。可是时间不长，吴刚又沉不住气了。他觉得读书也很麻烦。

"可惜呀！可惜！"白胡子神仙又认真地打量了一下吴刚，然后无可奈何地说，"我想知道你学做神仙，到底是为了什么？"吴刚不假思索地说："我想学飞，想飞到月亮上去玩玩！"

"好吧！"老神仙叹了一口气，"我这就带你去，你把眼睛闭上。"老神仙举起扇子，轻轻一扇，吴刚的双脚竟然飘飘然地就离开了地面，只听得耳边"呼呼"的风声。

也不知飞了多久，白胡子神仙用扇子敲敲吴刚的额头，说："吴刚，这就是你要来的地方。"话音刚落，风声就停了。吴刚赶紧睁开眼睛一看，只见光秃秃一片，远远地除了有棵大树外，就什么也没有了。

吴刚奇怪地望着周围，拉着白胡子神仙问："这是什么地方，怎么会这么荒凉？"

白胡子神仙笑着说："你不是想到月亮上来吗？这里就是月亮啦，你玩个够吧！"

吴刚很好奇，径直走到这里唯一的一棵大树下，问道："这是什么树哇？"白胡子神仙说："这是一棵桂树，有五百多丈高呢！"

"哦，就这些？我们走吧。"吴刚不耐烦地催促白胡子神仙。

可白胡子神仙却说："这我可帮不了你，你得自个儿飞回去。"

吴刚一听就傻眼了，他沮丧地说："我又不是神仙，自己不会飞呀。"

　　"你用这把大斧头，把这棵桂树砍倒，就可以成仙，飞回地面上去了。"白胡子神仙说着就变出一把大斧头。

　　吴刚听了非常高兴，说道："唉！这么简单的事，你怎么不早点儿告诉我？让我浪费这么多时间。"

　　吴刚接过斧头，大吼一声，就往树上连砍了三斧头，可大树却**纹丝不动**。他放下斧头，擦擦汗，再往树上一看，竟然发现树干上连斧头砍伤的痕迹都没有。

　　白胡子神仙哈哈大笑道："这棵桂树，又叫作'三百斧头'，有耐心的人，心平气和地砍三百斧头，就可以把它砍倒。没有耐心的人，砍了也是白砍。你砍下一道缺口，只要斧头一拿开，缺口立刻就复原了。"

　　然而，吴刚天生就**懒惰**，没有耐心，只要他一偷懒，桂树又重新长好了，所以他只好留在月亮上不断地砍桂树了。

天　女　散　花

> 盘古的女儿按照父亲的嘱托种植百花，用来点缀天庭，给江山添美。她把百花的花瓣撒向人间，飘落九州，落地生根，人间就有了天女散花的故事。

　　盘古有两个儿子、一个女儿。他开天辟地以后，叫他的大儿子管天上事，人称"玉帝"；叫他的二儿子管地上事，人称"黄帝"；叫他的女儿管百花，人称"花神"。

　　盘古开天辟地用力过猛，伤了**五脏六腑**，他快死时，把女儿叫到跟前，拿出一包种子说："这是一包百花种子，交给你了。你要往西走二万二千二百二十二里，那里有一座净土山，你可取净土一担，摊在天石上，把这百花种子种在净土里。然后你再往东走四万四千四百四十四里，在日头洗澡的地方，那里有一潭真水，不蒸不发，你可取真水一担，**浇灌**百花种子，百花种子就会生芽出土。你再往南走六万六千六百六十六里，那里有一潭善水，你可取善水一担，对花苗喷洒，花苗结出骨朵。然后，你再往北走八万八千八百八十八里，那里有一潭美水，你可取美水一担，滋润花骨朵，这样，就会开出百样的花朵。你用这些花给你大哥点缀天庭，给你二哥的江山添美。"盘古说完，就死了，尸体随后化为一座盘古山。

花神按父亲的嘱咐，往西走了二万二千二百二十二里，取了净土一担，摊在天石上，播上了百花种子。向东、向南、向北取来真、善、美三潭里的水，精心育花。果然，**百花怒放**，好看极了。她高兴地报告玉帝。玉帝便随着亲妹妹前来观赏百花，他高兴地说："妹妹不辞劳苦，育出百花，用百花美化天庭，天庭不就成花园了吗？"花神说："当初父王开天辟地，叫你管九霄，叫二哥管九州，叫我育出百花给你**点缀**天庭，为二哥的江山添秀。如今，我已把百花育出，哥哥可不可以助我一臂之力，把这些百花撒向人间？"玉帝答应了，立即唤来一百名仙女，对她们说："我封你们为百花仙子，受花神管。你们可随意采花，采牡丹的是牡丹仙子，采荷花的是荷花仙子。把你们采来的花撒向人间。"

百花仙子听罢，手托花篮，在花园中**穿梭**往来，各自采下喜爱的鲜花。片刻工夫，花篮就装满了。然后，她们一手托花篮，一手抓起花，纷纷撒向人间。

天女散花，飘落九州，落地生根。从此，人间有了百花。

哪吒闹海

传说托塔李天王的夫人生下一个肉蛋。李天王一剑劈开，却蹦出一个男孩，这就是后来起名为哪吒的神童。哪吒自幼喜欢习武，有一天，他在海边嬉戏，正好碰上东海龙王三太子，两人打了起来，哪吒将三太子打死了。东海龙王得知此讯，勃然大怒，降罪于哪吒的父亲，随即兴风作浪，口吐洪水。

在玉皇大帝的天庭里，有一位天将叫"托塔李天王"，他的本名叫"李靖"，没成仙的时候，他是东海边上一位**镇守**边疆的大将军。有一年，李靖的夫人生了一个小孩。可当李靖进了夫人的房间后，却见夫人眼睛**直愣愣**地看着床前的一个木盆。李靖低头看了看木盆，里边是个大肉球。

李靖看见这么个怪东西，便从腰间抽出宝剑一下子将肉球劈成了两半，没想到一个胖娃娃从里面蹦出来了。

就在这个时候，一个白胡子老道推门进屋了。他哈哈大笑，说要收小胖娃为徒，并给他取名叫"哪吒"。临走时，老道从怀里掏出一个镯子——乾坤圈，一块手帕——混天绫送给了

小徒弟。

转眼间哪吒已经七岁了。一个夏日，哪吒戴着那个乾坤圈镯子，拿着混天绫手帕，来到海边玩耍。他手中甩着混天绫，可是，他这么一甩，海底下的龙宫也**东摇西晃**起来，龙王三太子就带着一大群虾兵蟹将出来看看发生了什么事。龙王三太子一到海面，看见有人在捣乱，就举起枪向对方刺去。哪吒也立即**迎战**，没想到三两下就把龙王三太子打死了，吓得那些虾兵蟹将全都钻到海里去了。

东海龙王听说三太子被打死了，就请来了西海、南海、北海的龙王去找李靖算账。那天天刚亮，就狂风大作，电闪雷鸣，接着大雨就**铺天盖地**下起来了。四位龙王和许多虾兵蟹将正站在云彩里，大喊着让李靖出来受死。

小哪吒知道自己惹了祸，就大声地对龙王说："打死你儿子的是我，这跟我父母和本城的老百姓一点儿关系也没有，你要报仇就找我吧！我可以死，但是你得放了我父母和城里的百姓！"

龙王看见小哪吒倒是有几分**魄力**，就爽快地答应了。哪吒毅然从他父亲腰间抽出宝剑，往脖子上一抹，便倒在地上死了。龙

王一看哪吒死了，把手里的旗子一挥，便率领兵将回宫了。

就在李靖夫妇伤心的时候。哪吒的师父骑着白鹤从天而降，他抱起哪吒的尸体，往自己的仙山上去了。到了那里，他从荷花池里摘来几朵荷花、几片荷叶、几节嫩藕，按照哪吒的身形摆好。然后将**拂尘**一甩，哪吒身上的荷花、荷叶、嫩藕全没了，哪吒揉揉眼睛，看见了师父，连忙跪下行礼。

从此以后，哪吒便跟随师父在山上学习本领。最后，像父亲一样，哪吒也在玉皇大帝身边当了一员大将。

神医侍司懿

> 在苗族流传着这样一个故事：一位有名的医生叫侍司懿，为了寻找长生不老的药……

古时候，苗家有个医生名叫侍司懿，他的医术十分高明，什么病都治得好。吃他的药，不光治病，还能**延年益寿**。那时候的人，都能活到几千岁、几百岁。世上没人不知他的能耐，都称他为"神医"。

侍司懿这个人很好学，他有那么高明的医术还不满足。他见天上的玉皇大帝、王母娘娘、太上老君、太白星君这些人，不但不会生病，而且也不会死。他想，天上一定有不病不死的药。

于是，侍司懿决定上天采药！一去三十多天，天上的一日，就是地上的一年。等他回来的时候，他的妻子儿女和很多村民早就死了。怎么死的？得**瘟疫**死的。还活着的人枯瘦如柴，也快要死了，他救活了这些人。对早已死去的妻子儿女和

别的人，那就没法救了。因为他们的筋肉和内脏已经没有了，只剩下骨架。

侍司懿仰天叹道："唉！原来医生医生，只能医活着的人，不能医死了的人，这算什么本事呀！"

侍司懿知道太上老君有起死回生之药，连枯骨都能救活，就又上天去求他**传授**。太上老君启奏玉皇大帝和王母娘娘，玉皇大帝和王母娘娘不准传授，还说："世间的人都要死的，假如都像我们这样，永生不死，地上住不下了，他们打上天来怎么办？"

太上老君听了，就出了个坏主意，又**启奏**道："为保天上永世平安，这个侍司懿，就不要再放回人间了。"玉皇大帝和王母娘娘不解。太上老君说："他第一次上天，向我学了不死之术；这次他来，要我传回生之方。如让他回去，世上的人不就同我们一个样了吗？他们只生不死，总有一天要打上天来的。"

玉皇大帝和王母娘娘听了，**大惊失色**，忙问道："那怎么办？得找个理由把他扣下来才好！"

太上老君笑道："这个容易，还叫他怨不得谁哩！"

他回到殿里，对侍司懿说："你不是来要起死回生的药吗？"侍司懿高兴地说："是呀！老君，请传给我吧，好回去救死了的人哪！"

太上老君说："药就在月亮上的那棵檀香树里头。"

"怎么才能拿到呢？"

"把树砍了就能拿到。"

侍司懿便去月亮里砍檀香树。谁知斧砍下去，提起来时，檀香树砍开的口子又长合了。他从早砍到晚，连树皮都没砍下一片。他去问太上老君："这是为什么?"

太上老君说："这就是**起死回生**嘛! 你砍了它一刀，砍掉的地方就又复生了。"

"怎么才砍得倒呢?"

"你砍一斧子，用颈子去比一下，又砍一斧，再比一下。这样，砍了的地方就不会长合了。"

侍司懿便照太上老君的话去做，果然砍了以后，口子不见长合了，他就砍一下比一下地干下去。谁知砍到一半，砍到树心的时候，侍司懿刚用颈子去比，口子忽然长合了，将他的颈子也卡住啦!

从此，神医侍司懿就被卡在月亮里的檀香树树干上了。不信，有大月亮的晚上你看吧，檀香树树干上卡着个人，那便是神医侍司懿呀! 你看，他还在**挣扎**呢。要等他摆脱了，人间才有长生不老和起死回生的药。

宁封制陶的故事

宁封对工作尽职尽责，呕心沥血地钻研制陶技术。这天，他做梦梦见各地人们送给他很多陶瓷，醒来后他灵机一动，想看看各族部落的陶瓷，汲取经验。那么，宁封最后的陶瓷制得怎么样呢？

　　黄帝的时候，有个名叫"宁封"的人，他母亲是个捏陶泥坯的，宁封三岁时就跟着母亲去窑场。他最爱学着母亲的样儿捏出各种各样的盆盆罐罐。母亲看他聪明好学，就教会了他捏制各种陶坯的手艺。年复一年，斗转星移。宁封长大成人了，部落里就派他专门从事烧陶。

　　宁封受母亲的熏陶，对工作很负责，他**专心致志**地捏呀烧哇，可是烧出的陶器总觉得不满意，不是粗糙笨拙，就是形体不正。宁封说他对不起部落的人们，每天除了上窑场工作，就躲进自己的泥屋里，不跟外人接触，连妻子问他，他都不理。他就这么**闷闷不乐**地待在屋里，每天都是妻子把部落分配的饭食，用陶钵给他端回来吃。宁封吃着，想着，食不知味。妻子看他一心扑在制陶上，累得人都又瘦又黑，吃过饭就叫他躺在草席上歇一会儿。说来也怪，往日里宁封根本睡不着，今天身子一倒，就**呼噜呼噜**地进入了梦乡。他梦见自己的脚踩着五色的彩云，去了一万个国家，各处的人们送给他很多很多的陶器，那些陶器可好看了，**样式别致**，有尖底的，有圆的，有方的，还有带盖的，并且画了彩色的花纹和各种各样的图案，简直使人眼花缭乱。宁封高兴地笑了，笑出了声，也笑醒了。他连忙把自己的梦告诉了妻子。妻子也兴奋地说："好哇，你还不如到外面转转，多看一看别的部落的陶器，或许就能制好了。"宁封正有此意，听了妻子的话，就赶紧收拾行囊。部落首领知道了他的打算，送给他一匹马，宁封骑着马就出发了。

宁封一去两年。妻子盼哪盼的，总算把他盼回来了。他拉回来一车陶器，整天钻在这些陶器堆里，观看哪比较哇，描哇画呀，又取来砂泥盘一盘、捏一捏，没头没尾的。这一天，天还没亮，他就叫醒妻子，两个人摸黑来到窑场和沙泥。泥一和好，宁封就坐在草席上盘陶坯。他一会儿盘一会儿捏，妻子端来饭也没吃。太阳都直射头顶了，他还在干着。妻子嗔怪地给他戴了一顶草帽，又端详着男人捏的一大堆陶坯，高兴地说："好哇，真好哇！"宁封**逗趣**地说了一句："比我梦见的还好看哩！"

一个一个的坯子制成了，放在草棚下阴干。快干的时候，妻子就蹬动转轮，宁封拿着陶坯在转轮上磨。磨光后，宁封又和妻子用赭石在坯子上画上图案。他们不再重复画过去简单的图形和直线条。宁封的妻子心灵手巧，天上飞过一只小鸟，"唧啾"地一叫唤，她就几笔画出一个飞动的小鸟；地上跑过一只梅花鹿，也没跑出她的手，让它静站在陶盆的壁上。她想起了男人们捕鱼的渔网和捕回的鲤鱼，就也画在陶盆上。快到收获季节了，想象收获后全部落的人们在广场的欢庆场面，她就在陶钵上画了一圈手拉手舞蹈的人，有男有女，**活泼热烈**，连宁封都称赞她画得好。后来他们又画出一套变形的图案，好像不太像，却很**传神**，也有生活情趣。他们还在陶罐上用指甲捏出棱形排列的指甲纹，拿绳子印出一排排的斜纹，有时也给陶罐做了几圈的堆纹、蛇纹。最有意思的是罐盖的把手，他们把盖把捏成各种动物的形象，鸟头上刺着锥纹，小兽顽皮地站立着。

　　一天天的辛苦，几年的心血，宁封终于制出了非常美观的陶器。这些既好看又实用的陶器，不光本部落的人喜爱，交换到外部落，也很受欢迎。部落首领把宁封制的陶罐献给了黄帝。黄帝看到这样**浑圆**而又精致的陶罐，仔细地欣赏着上面的彩色图案，连声说："好，好！天下竟有这样的人才！"立即派人把宁封请到中宫。黄帝详细地询问了陶罐的制作情况，就委派宁封为陶正，专门管理全国的制陶。

风后和他的指南车

风后是上古时代中国神话传说中黄帝的臣子，风后一职，主司天文，预测风雨。谁都知道，中国古代的"四大发明"是对人类文明的重大贡献。特别是指南针，至今还是世界航海上广泛运用的仪器之一。那么，指南针的前身——指南车是谁第一个发明的呢？

指南针的前身——指南车，是谁第一个发明的？这就得从五千年前黄帝战蚩尤时说起。传说黄帝和蚩尤作战三年，共打过三次大仗。阪泉之战，涿鹿之攻，冀州之破，最后才打败了蚩尤。在冀州大战中，蚩尤快要失利，请来风伯、雨师，呼风唤雨，给黄帝的军队造成了前进上的困难。黄帝也赶忙请来天上一位名叫"旱魃"的女神，施展法术，制住了风雨，军队才继续前进。不料，蚩尤**诡计多端**，又施展出大雾，霎时大雾弥天遮野，使军队迷失了前进的方向。黄帝十分着急，他马上**召集**来风后、力牧、常先、大鸿等大臣，商量如何办。风后连忙告诉黄帝："臣听伯高说过，他在采石炼铜的过程中，发现一种磁石，能吸住铁，我们能不能根据这个原理，制造一件会指定方向的东西，这样就不怕迷路了。"黄帝连声说："有理！有理！就请各位大臣献计献策吧。"

在风后的设想下，几位大臣研究了几天几夜，终于制造出一个能辨认方向的东西。风后把它安装在一辆战车上，车上再装了一个假人，伸手指着南方。风后告诉所有打仗的军队和士兵，一旦被大雾迷住，就看指南车上站着的假人指着什么方向，马上可辨认出东南西北来。黄帝的军队由于有了指南车，再也不怕蚩尤的大雾了。他们人人勇敢作战，个个**争先恐后**，终于打败了蚩尤的军队，并把蚩尤追到涿鹿杀死。黄帝打通了扩展到中原的道路，便控制了黄河中游一带。

风后因**年迈体弱**，经常疾病缠身，不久就死去了。黄帝和众臣都很难过，为了不忘他的功德，黄帝亲自选了一块坟地，把风后埋在黄河北岸东南角的赵村。后人为了纪念风后的功绩，就把赵村改名为"风陵"，意思是风后的陵墓。

伏羲结网捕鱼

伏羲成为万民之王，他一心想要为天下黎民谋福利。当时的人们没有稳定的食物来源，伏羲对这种情况很焦心。一天，在河边散步的时候，他发现了河中的鱼，便尝试着捉鱼吃，没想到，鱼的味道不错，于是大家都将鱼列进食谱，开始捕鱼吃。但是不久之后，龙王跑来对伏羲说，让他们不准再捕鱼……

伏羲的母亲是华胥国的女子，被称为华胥氏。她从小生活条件优越，**衣食无忧**，因而气度雍容，十分美丽。华胥氏经常游历天地之间的名山大川，欣赏奇妙瑰丽的自然风光。

有一次，她去东方一个名叫"雷泽"的地方游玩，偶然看见**沼泽**边有一个巨人的脚印，由于这个脚印大得出奇，华胥氏觉得很有意思，就好奇地将自己的脚踩了上去。谁知她刚一踩下，身子忽然就有一种异样的感觉，腹中跳动了一下。后来，华胥氏就生下一个儿子，叫作伏羲。

伏羲的父亲就是那个留下巨大脚印的神。他是"雷泽"的主人，人头龙身，半人半兽。伏羲天生异相，长有人的头，蛇

的身子，从小就有神力。这种神力就源自他的父亲。

伏羲长大后当了东方的天帝。既然是万民之王，他就理所当然地要为天下黎民谋取福利。那时候人们都是靠打猎和采集野果为生的，而大自然的四季变换和恶劣的自然环境，使得人们不能获得稳定的食物来源。

伏羲看到这个情况，心里很难过。他想，这样下去总不是办法。他**左思右想**，想了三天三夜，都没有想出一个可以解决人们吃饭问题的办法来。到了第四天，他走到河边，一边散步，一边继续想着。

走着走着，他不经意抬头一看，忽然看见一条又大又肥

的鱼跳出水面，跳得很高。一会儿，又有一条鱼跳起来；再隔一会儿，又是一条。这一下子就引起了伏羲的注意。他想：这些鱼又大又肥，弄来吃不是很好吗？他打定主意，就下河去抓鱼，没费多大工夫，就捉到一条又肥又大的鱼。伏羲就把鱼拿回家去。

其他人看见伏羲捉来了鱼，都欢欢喜喜地跑来问长问短。伏羲把鱼分给他们吃，大家吃了，都觉得鱼的味道不错。伏羲对他们说："既然鱼好吃，以后我们就动手捉鱼，好帮补帮补生活。"大家当然赞成，就都跑到河里去捉鱼。捉了一个下午，每个人都捉到了鱼。这下子大家都十分欢喜，把鱼拿回去美美地吃了一顿。伏羲又打发人给住在别的地方的人送信，告诉他们捉鱼来吃。这样，没过两天，几乎所有人都知道捉鱼吃了。

然而好景不长，一天，龙王带了乌龟丞相跑来**干涉**，他恶声恶气地对伏羲说："谁让你们来捉鱼的？你们这么多人是要把我的子民都捉完吗？赶紧给我停下来！"伏羲没被龙王的话吓倒，他**理直气壮**地反问龙王："你不准我们捉鱼，那我们吃什么？"

龙王气冲冲地说："你们吃什么，关我什么事！反正就是不准你们捉鱼。"伏羲说："好，不准捉，我们不捉，以后没吃的我们就喝水，把河水喝得干干的，让你们水族都干死！"龙王本来是个**欺软怕硬**的家伙，听伏羲这么一说，心里果然害怕了。他怕伏羲和他的族人真来把水喝干，自己的命就难保了。但让他们捉吧，龙王又实在咽不下这口气……

正在进退两难之际，乌龟丞相凑到龙王耳朵边，悄悄向龙王说："您看，这些人都是用手捉鱼的，咱们就和他们定个规矩：只要他们不喝干河水，就让他们捉鱼，但是不许用手捉。

他们不用手就捉不到鱼。这下子既保下了子民，又保住了龙君您的性命，让他们看着河水干瞪眼，该多好哇！"

龙王一听这话，高兴得哈哈大笑，于是对伏羲说："只要你们不把水喝干，你们要捉鱼就来捉吧，可是得**遵守**一个规矩——不能用手捉。你们若是答应，就算是说定了，以后双方都不准反悔！"伏羲想了想，说："好吧。"

龙王以为伏羲上当了，便带着乌龟丞相高高兴兴地回去了。伏羲也带着族人回去了。

伏羲回去以后，就一直**思索**不用手捉鱼的办法。想了一个通宵，第二天又想了一个上午，伏羲还是没有想出办法来。到了下午，他躺在树荫底下，眼望着天，还是没有想出办法来。这时候，他看见两根树枝中间，有个蜘蛛在结网：左一道线，右一道线，一会儿就把一个圆圆的网结好了。蜘蛛把网结好就跑到角落里躲了起来。过了一会儿，那些远远飞来的蚊子呀，苍蝇啊，都被蜘蛛网给网住了。蜘蛛这才从角落里爬出来，饱餐一顿。伏羲看见蜘蛛结网，突然开了窍。他跑到山上找了一些葛藤来当绳子，像蜘蛛结网那样，把它们编成了一张**粗糙**的网，然后又砍了两根木棍，将其呈十字形绑到网上，又拿来一根长棍绑到中间，网就做好了。

他把网拿到河边往河里一放，手握长棍在岸边静静地等候着。隔了一会儿，他把网往上一拉，哎呀，网里净是些欢蹦乱跳的鱼！这个办法比起用手捉鱼不但捉得多，人还不用下水了。伏羲就把结网的方法教给了其他人。

从此以后，人们就都用网来捕鱼了。

共工怒触不周山

"共工怒触不周山"是一个著名的上古神话传说。又名共工触山，且与"女娲补天""后羿射日""嫦娥奔月"并称中国古代的四大神话。共工，又称共工氏，是中国古代神话中的水神，传说共工素来与颛顼不合，他们之间发生了惊天动地的大战，最后以共工失败而愤怒地撞上不周山而告终。

女娲创造了人类以后，许多年来，世界一直平平静静，人们过着幸福快乐的日子。但是有一天，大地上发生了可怕的战争。交战的一方是天帝颛顼，他是黄帝的后裔；另外一方是水神共工，他是炎帝的后裔。水神共工长着人的脸和蛇的身子，披散着头发，**性情**暴烈，统治着占大地百分之七十的水域。

共工不甘心被颛顼统治，想夺天帝的宝座。共工手下有两员大将：一个叫浮游，一个叫相柳。相柳长相怪异，也是人脸蛇身，他遍身青色，还长着九个脑袋，这些脑袋可以同时吃东西。共工还有个儿子，虽然本事不大，却有着同共工一样的野心。

共工和部下经过秘密商议后，就率领大军浩浩荡荡地向颛项发起了突然进攻。颛顼对共工的野心早就有所察觉，已经做好了迎战的一切准备。这场战争，从一开始就十分激烈、残酷，双方都投入了全部兵力。他们从天上打到地下，又打到西方的不周山下。

共工掀起狂涛巨浪，企图用水的力量打败颛顼。颛顼则喷出神火还击共工。经过一番**惊天动地**的争斗，共工被打败了。共工手下那个长着九个脑袋的相柳被当场烧死。浮游也被烧得焦头烂额，最后拼死冲出火圈，忍着疼痛逃到淮水边，一头扎进水里，但还是因为伤势过重死了。他死后还不甘心，又化成一头红色的熊为害人间，春秋时代还跑到晋平公的屋里，把晋平公吓得生了一场大病。

共工的儿子本事不大，开战后不久，就被乱刀砍死了。后来他化成了疫鬼，常常在人间捣乱。这疫鬼常在冬天出现，又怕赤豆，人们为了防范他，就在冬至这天煮赤豆饭来驱邪。疫鬼一见赤豆饭就会远远地跑开。随着战争的持续，共工手下大部分人马死的死，伤的伤，已经没有办法再支撑下去了。一向**高傲自大**、不可一世的共工，一怒之下，一头撞向不周山。只听见"轰隆隆"一阵巨响，不周山被撞成了两截，坍塌下来。

不周山一倒，整个宇宙立刻发生了很大的变化。原来这不周山是西北方撑天的一根柱子，撑天柱一倒，西北方的苍天失去了支撑，便倾斜下来，天空中的太阳、月亮、星星站不住脚，都纷纷向西边滑动。

不周山的倒塌还引起了强烈的地震，使得大地的东南部分陷落下去。从此以后，江河里的水总是**日夜不息**地向东南流去，汇聚成我们今天所见到的海洋。这时的宇宙，虽然女娲时代那种宁静平和的气氛被打破了，但是颛顼时代那种**死气沉沉**的气氛也被改变了。从此，日月星辰从东方升起，在西方落下，每天如此；季节分成春、夏、秋、冬四季，按照次序循环；大江大河里的水都一路向东南流去，大海汇集各种水流而逐渐变成今天这样宽广**浩荡**的样子……整个世界变得越来越多姿多彩。

那座被共工撞断的不周山，原来并不叫"不周山"，只是因为被共工撞得坍塌了，才被叫作"不周山"，意思就是"不周全的山"。

吕洞宾得剑

在民间信仰中，吕洞宾是八仙中最著名的一位。在人们心目中，吕洞宾是个最有人情味的神仙。本故事讲的就是吕洞宾和妻子香玉之间的事情，吕洞宾听信老和尚的谗言，害死妻子，追悔莫及。妻子死后变成一把蛇剑，陪伴在吕洞宾身边保护他。

吕洞宾年轻的时候，父母都去世了，他**无依无靠**，住在青龙山下，日夜攻读诗文，以期取得功名。

一天傍晚，他正在小河边散步，忽然从树林里传来悲凄的哭声，他感到很奇怪：这深山荒岭，是谁在此哭泣呢？于是，他循声找去，看见一个穿着绿衣服的青年女子正掩面哭泣，就问道："小姐，你如此伤心，不知是为什么？"

那女子低声说道："公子，小女子名叫香玉，家在钱塘。因为爹爹贪财，要把我嫁给一个年老的大官为妾，我不愿服从，所以逃到这里。可我**举目无亲**，又能往哪里去呢？"说完，又哭了起来。

吕洞宾听了，很同情她，便说道："我本应请小姐到我家里暂时住下，但家里就我一个人，我们**孤男寡女**单独相处，有很多不方便的地方。这儿有几两银子，我都给你，你还是走出深山，找一个妥当的住处吧。"

不料，香玉听后，哭得更伤心了。吕洞宾一想：对呀，这里离村镇较远，山路**崎岖**，还时有猛兽出没，万一半路上有个好歹，这年轻女子怎么应付得了？他又想了想，说道："现在已经很晚了，如果不嫌弃的话，请小姐到我家里住一晚，然后再想办法吧。"香玉这才停止哭泣，连连道谢。

吕洞宾把她领到家中，给她做了一顿饭，然后让她在床上睡下了，他自己则抱了捆茅草往地上一铺，睡在屋子外面。开始他感到很冷，不久便觉得身子暖和起来，于是沉沉地睡去了。

天亮后，吕洞宾睁开眼一看，自己身上盖着厚厚的被子，灶锅冒着一股股热气，早饭已做好了。那女子正坐在门口，穿针引线，补着他的衣服。香玉见吕洞宾醒了，连忙给他端水送饭，殷勤地服侍他。吕洞宾本来想一早叫她离开，现在却不知怎的，竟说不出那句话了。香玉似乎也没有要离开的意思，她熟练地替吕洞宾整理屋子，清洗衣物。恰巧，天上**淅淅沥沥**地下起了雨，香玉也就顺理成章地住下不走了。

雨一直下了半个多月，两人也互相熟悉了，渐渐产生了感情。后来，他俩选了个好日子就结婚了。婚后两人相处得更为和睦，感情特别好。

半年过去了，一天，吕洞宾在买菜回家的路上，路过一座古庙，有个老和尚拦住他说："施主，你的脸上怎么有股妖气呀？"

呂洞宾大吃一惊，回答道："别瞎说，我哪里来的妖气？"

老和尚掐指一算，惊叫道："你家娘子她不是人，而是一条修炼千年的蛇精！过不了多久，你就会被她吃掉的！"

呂洞宾哪里肯相信，转身就走。老和尚追上来说："你若不相信，可以用我的办法试试。明早五更，她还在睡觉的时候，肯定会有一颗红色的珠子从她口中出来，你把它抢过来吞进肚里，到时候就知道真相了！"

呂洞宾将信将疑地回到家里，香玉仍然像以往一样，给他端水送饭，对他十分亲热。晚上，香玉早已睡去，他却怎么也睡不着，暗暗观察着动静，五更时，果然看见香玉张开口，吐出一颗红珠。呂洞宾把红珠一把抢过来吞进了肚里。香玉全身一颤，猛地惊醒过来，发现红珠不见了踪影，呂洞宾却身透红光，**呆愣愣**地坐在那里。她明白了，泪汪汪地哭着说道："我与你前世无怨，今世有缘，你为何害我？"呂洞宾不敢隐瞒，结结巴巴地说出了原因。

香玉长叹一声，说道："我虽然是蛇精，但没有害你之心哪！要不然我早就把你吞掉了。"

呂洞宾一想，自己的确太莽撞了，不觉有点儿**懊悔**，忙问："娘子，有什么解救的办法吗？"

"有是有，"香玉迟疑着，缓缓说道，"只有将你杀死，剖腹开膛，挖出红珠，才可以保住我的性命。"

"啊？"呂洞宾吓得大叫一声，往后摔去。香玉急忙上前扶住他，**劝慰**道："你不必惊慌，我与你已是夫妻，决不会伤害你。千怪万怪，怪我没有对你说明白，才让你听信了别人的谗言。"说完，香玉泪如雨下。吕洞宾见她如此**贤惠**，想起往日夫妻恩情，顿时特别后悔，抱住香玉大哭起来。

"喔喔喔"，鸡叫了，天色微微发亮，香玉面如死灰，在吕洞宾怀里痛苦地挣扎着。吕洞宾紧搂着她，一声声哭叫着："娘子！娘子！"香玉仰着脸，吃力地说："别……别哭，将我安葬在……这儿，四十九天后，你把坟掘开，我们夫妻还可……团聚……"话未说完，太阳升起来了，她就咽气了。

吕洞宾赶忙为香玉造了一座坟。他日日夜夜守护在坟前，对妻子**忏悔**自己的过失，诉说相思之情，希望香玉按时复生。就这样，吕洞宾哭哇，等啊，但由于思念过度，他竟将四十八天算成四十九天，就匆匆把坟掘开了。

啊？坟墓里躺着的不是他日思夜想的妻子，而是一把寒光闪闪的青色宝剑！吕洞宾大惊失色，掐着手指仔细一算，知道日子搞错了，心爱的妻子再也不能复生了。他心如刀绞，紧紧抱着宝剑，泪如泉涌。说也奇怪，那宝剑一贴近吕洞宾的身子，就变得如**绸缎**般柔软，缠住他不放。一离开他的身子，宝剑就变得极其坚韧，锋利无比。吕洞宾发誓不再娶妻，他把剑背在身上，一刻也不离身。

后来，吕洞宾修炼成了仙人，那宝剑就帮他除妖斩魔，时时保护他的安全。再后来，人们都叫这剑为"蛇剑"。

爱与美之神——瑶姬

瑶姬是传说中的巫山神女。在民间，流传着许多关于神女峰的动人传说：说她美丽而善良，帮助巴蜀人民建设家园；说她寂寞而冷清，总是在黑暗的夜里隐隐地啜泣；说她容颜美艳，环佩作响，浑身异香；说她因怀念一段往事，从此留在了江边，生生世世，思念无穷无尽……

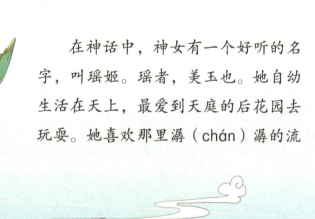

在神话中，神女有一个好听的名字，叫瑶姬。瑶者，美玉也。她自幼生活在天上，最爱到天庭的后花园去玩耍。她喜欢那里潺（chán）潺的流水与**和煦**的微风，总是一整天一整天地待在那里，听着鸟儿悦耳的歌声，闻着花儿淡淡的香气。饿了，有翠绿色的小鸟为她衔来香甜美味的水果和佳肴；渴了，有鲜花绿草为她奉上**甘甜可口**的露水。那时的瑶姬，活泼开朗，能歌善舞，后花园中总是回响着她银铃般的笑声。

在四个女儿中，炎帝（即神农氏）特别喜欢瑶姬，不仅仅因为她有着如花朵般娇艳的美貌和天真无邪的本性，更因为她对别人能够给以无私的关心。她常常因为人间百姓过着艰辛的生活而伤心落泪。

瑶姬渐渐长大了，出落得更加美艳动人。可是，就在她成年的那一年，突然发生了一件不幸的事：她生了一场大病，**来势汹汹**的病魔很快就将她击倒了。从此，她就只能躺在病榻上，显得非常憔悴。渐渐地，瑶姬已经病得站不起来了。

溪流边，没有了瑶姬**梳妆**的身影，溪流仿佛在呜咽着；微风里，没有了瑶姬灵动的身姿，微风仿佛也在呼唤着。炎帝心急如焚，却也**束手无策**，自己虽是医药之神，但药能医病，却不能让人起死回生。

　　不久，瑶姬死了，被安葬在巫山上。瑶姬是神仙，她的灵魂飘到姑瑶山化为芬芳的瑶草。瑶草花色嫩黄，叶子双生，果实似菟丝子。女子若服食了瑶草果，便会变得明艳美丽，惹人喜爱。这瑶草在姑瑶山吸收日月精华，修炼成人形，就是人们一直以来所说的巫山神女——瑶姬。

　　瑶姬重生之后，已不能重回天宫了。她生性活泼，不肯老老实实地待在姑瑶山上，经常化身成各种形态在人间游走。她深切地关爱着人间的百姓，到处为人们排忧解难，救死扶伤。渐渐地，巫山上有神女的消息就流传开了。人们都很感谢这位美丽善良的女神。

　　有一年，巴蜀遇到了历史上罕见的洪水。大禹受命治水。他一路凿山通河，来到巫山脚下，准备修渠泄洪，不曾想触怒了一只在巫山上潜修了多年的蛤蟆精。这只蛤蟆就使用法术阻挠大禹开山。大禹措手不及，被蛤蟆精招来的狂风吹得**人仰马翻**，在当地人的指点下，他决定去向巫山神女瑶姬求助。

　　瑶姬敬佩大禹不求回报、心系天下的精神，哀怜背井离乡、**倾家荡产**的灾民，就传授给大禹差神役鬼的法术，并赠给他一本能够防风治水的天书，帮助他制伏了蛤蟆精，止住了狂风。之后，瑶姬又派遣侍臣将巫山炸开一条峡道，令洪水经巫峡从巴蜀境内流出，涌入大江。饱受洪灾之苦的巴蜀人民终于获救了！神女关爱三峡人民，唯恐长江之水再度泛滥，遂化为神女峰，永驻三峡。

　　由此，人们对瑶姬更加感激不尽，关于她的传说更是广为流传。

女 娲 补 天

水神共工造反，与火神祝融交战，共工被祝融打败了，他气得用头去撞西方的世界支柱不周山，导致天塌陷，天河之水注入人间。女娲不忍人类受灾，于是炼出五色石补好天空，折神鳌之足撑四极，平洪水，杀猛兽，人类得以安居。

女娲创造了人类之后，许多年来平静无事，人类一直过着快乐幸福的日子。

不料有一年，水神共工和火神祝融，不知道为了什么事，忽然打起仗来。这一仗打得非常**猛烈**，他们从天上一直打到凡间。战争的结果是代表光明的火神胜利了，代表黑暗的水神失败了。失败的水神共工又羞又恼，觉得再没有脸面活在世间了，就一头向不周山碰去。这一碰不打紧，他自己倒没有碰死，**苏醒**转来以后，又去给治理洪水的大禹捣乱。可是因为他这一碰，却闯出了天大的祸事。

你说是什么祸事？原来那不周山，本是矗立在西北方的一根撑天的柱子，经共工这么一碰，撑天的柱子给他碰断了，大

地的一角也给他碰损坏了，世界因此发生了一场可怕的大灾难。

　　看哪，半边天空坍塌下来，天上露出些丑陋的大窟窿，地面上也破裂成了纵一道横一道的**黑黝黝**的深坑。在这大变动中，山林燃起了炎炎的大火；洪水从地底喷涌出来，波浪滔天，使大地成了海洋。人类已经无法生存下去，同时又遭受到从着火的山林里窜出来的各种恶禽猛兽的残害。我们想想，这日子是多么难过呀！

　　女娲看见她的孩子们遭遇到这么可怕的大灾难，痛心极了。没法去惩罚那个死而复活的凶恶的捣乱者，只得又辛辛苦苦地来修补残破的天地。

　　这项工作真是巨大而又艰难哪！可是慈爱的人类母亲女娲，为了她心爱的孩子们的幸福，一点儿也不怕艰难和辛苦，勇敢地独自担负起了这个重担。

　　她先在大江大河里拣选了许多五色石子，架起一把火，把这些石子**熔炼**成胶糊状的液体，再拿这些胶糊状的液体来把苍天上一个个丑陋的窟窿都填补好。仔细看虽然还有点儿不一样，远看去也就和原来的光景差不多了。她怕补好的天空再坍塌，便又杀了一只大乌龟，斩下它的四只脚，用来竖立在大地的四方，代替天柱。这天柱把人类头顶上的天空像帐篷似的撑起来。柱子很结实，天空再没有**坍塌**的危险了。

　　那时，中原一带，有一条凶恶的黑龙在为害人间，女娲便去杀了这条黑龙，同时又赶走各种恶禽猛兽，使人类不再受禽兽的残害。

　　剩下来只有洪水的祸患没有平息。女娲便把河边的芦草烧

成灰，**堆积**起来，埋塞住了滔天的洪水。

　　由水神共工惹出的这场灾祸，总算被伟大的女娲一手平息了。她的孩子们终于死里逃生，得到了拯救。

　　这时候，大地上又有了**欣欣向荣**的气象。春、夏、秋、冬四个季节，依着顺序循环，去而复来。该热就热，该冷就冷，一点儿也不出乱子。恶禽猛兽死的早已经死了，不死的也渐渐变得性情驯善，可以和人类做朋友了。原野里长满了天然食物，只要花点儿力气，就可以吃个饱足。人类快乐地生活着，天真烂漫，无忧无虑。

湘妃竹的来历

在烟波浩渺的洞庭湖中，有一座风光秀丽的小岛——君山。君山自古多奇竹，其中最负盛名的当推湘妃竹。湘妃竹又名斑竹，它秀拔莹润，竹竿布满雅丽的紫色斑点，宛如泪痕。关于湘妃竹的来历，有一个凄美的传说。

远古的时候，中华大地上有个**英明**的国君叫尧，他年老的时候，与众臣讨论继承人的问题，大家都推举舜。为了考验舜，尧就把自己的两个女儿——娥皇和女英嫁给了舜。经过多次考验，尧认为舜是个可靠的人，后来，就把自己的帝位禅让给舜。

舜的确很争气，没有让尧失望，他为人民做了很多好事，特别是命禹**疏通**了河道，治理了洪水，使人民过上了安定的日子。

舜晚年时，南方九嶷山一带有几个部落发生了战乱。他决定亲自去视察一下，以解除那里的战乱。

舜一向非常尊重两位夫人，就把自己的打算对她们说了。不料娥皇和女英担心他的身体，都不愿意让他独自去九嶷山。女英说："你一个人去，我们不放心，要去我们一起去。"

舜说："九嶷山那里，山高路险，你们是女人，怎么吃得了那样的苦！"虽然舜一再劝阻，但两位夫人坚持要跟去。没有办法，在一个夜晚，舜带上几个随从，悄悄地出发了。

几天不见舜回宫，娥皇和女英心中非常着急。舜到什么地方去了？后来，她们找到侍从一问，才知道舜已经动身去九嶷山好几天了。她们惦念夫君，立即收拾行装，命人准备车马，去追赶舜。

追赶了十几天后，她们来到长江边，遇到了大风，无法渡江。有位老渔夫用船把她们送到湘江边的洞庭山，让她们在一座小庙中住了下来。大风一直刮了一个多月，她们上不了路，只好焦急地盼望风早些停。她们登上山顶眺望，心中暗暗祝福舜身体安康，并盼着舜从远方回来。

这两位多情的夫人，迎来日出，送走日落。她们盼哪，盼哪，望眼欲穿，愁肠寸断，但始终没有见到舜回来。

渐渐地，风停了。在一个风平浪静的中午，她们看到从南方漂来一只插有羽毛旗帜的大船，这是宫廷的船。她们急忙跑去迎接。但是，船上的侍从和士兵们一个个愁眉不展，满面哀容，她们立刻猜到发生了不好的事情。

侍从们一边把舜的遗物交给她们，一边说："舜帝驾崩于九嶷山下，已经埋葬在那里了。"娥皇和女英虽然预料到舜可能死了，但是这个消息一旦被证实，她们还是伤心欲绝，当时便哭得昏倒在地。

从此，娥皇和女英每天都要爬上洞庭山顶，遥望九嶷山，抚摩着身边的一株株翠竹，流下伤心的泪水。就这样，日复一日，年复一年，她们的泪水洒遍了青山竹林。那满山的翠竹也与她们一起悲伤，一起流泪，株株翠竹上都沾满了她们悲伤的泪水，擦也擦不掉，留下了永久的斑斑泪痕。

后来，娥皇和女英由于过分思念舜死于江湘之间。她们死后成了湘水之神，被称为"湘妃"或"湘夫人"。而人们把那些带有泪痕的竹子称为"湘妃竹"。

神农氏尝百草

　　生老病死是最自然不过的事了，不过因病而早早地离开这个世界的人又实在值得同情。神农觉得自己有保护好自己的子民的职责，所以他踏遍神州大地寻找治疗病患的药草，找到后他都先自己服用来确定有用与否或者有毒与否。最后终于找到了可以治疗很多常见病患的药草。

　　上古时期，五谷和杂草长在一起，药物和百花开在一起，哪些粮食可以吃，哪些草药可以治病，谁也分不清。黎民百姓靠打猎过日子，天上的飞禽越打越少，地下的走兽越打越稀，人们就只好饿肚子。谁要生疮害病，无医无药，不死也要脱层皮呀！老百姓的疾苦，神农瞧在眼里，疼在心头。怎样给百姓充饥？怎样为百姓治病？

　　神农**冥思苦想**了三天三夜，终于想出了一个办法。第四天，他带着一批臣民，从家乡随州历山出发，向西北大山走去。他们走哇，走哇，腿走肿了，脚起茧了，还是不停地走，整整走了四十九天，来到一个地方。只见高山一峰接一峰，峡

谷一条连一条，山上长满**奇花异草**，大老远就闻到了香气。

神农他们正往前走，突然从峡谷中窜出来一群狼虫虎豹，把他们团团围住。神农马上让臣民挥舞神鞭，向野兽们打去。打走一批，又涌上来一批，一直打了七天七夜，才把野兽都赶跑。那些虎、豹、蟒蛇身上被神鞭抽出一条条、一块块伤痕，后来变成了皮上的斑纹。这时，臣民说这里太险恶了，劝神农回去。神农摇摇头说："不能回！黎民百姓饿了没吃的，病了没药医，我们怎么能回去呢！"

他说着领头进了峡谷，来到一座大山脚下。这山半截儿插在云彩里，四面是刀切崖，崖上挂着瀑布，长着青苔，溜光水滑，看来没有登天的梯子是上不去的。臣民又劝他算了吧，还是趁早回去。神农摇摇头："不能回！黎民百姓饿了没吃的，病了没药医，我们怎么能回去呢！"

他站在一座小石山上，对着高山，上望望，下看看，左瞅瞅，**右瞄瞄**，打主意，想办法。后来，人们就把他站的这座小山峰叫"望农亭"。然后，他看见几只金丝猴，顺着高悬的古藤和横倒在崖腰的朽木，爬过来。神农灵机一动，有了！他当下把臣民喊来，叫他们砍木杆，割藤条，靠着山崖搭成架子，一天搭上一层，从春天搭到夏天，从秋天搭到冬天，不管刮风下雨，还是飞雪结冰，从来不停工。整整搭了一年，搭了三百六十层，才搭到山顶。

神农带着臣民，**攀登**木架，上了山顶了。嘿呀！山上真是花草的世界，红的、绿的、白的、黄的，各色各样，密密丛丛。神农欢喜极了，他叫臣民防着狼虫虎豹，他亲自采摘花草，放到嘴里尝。为了在这里尝百草，给老百姓找吃的、找医药，神农就叫臣民在山上栽了几排冷杉，当成城墙防野兽，在墙内盖茅屋居住。后来，人们就把神农住的地方叫"木城"。白天，他领着臣民到山上尝百草；晚上，他叫臣民生起篝火。他就借着火光把百草的功效详细地记载下来：哪些草是苦的，哪些热，哪些凉，哪些能**充饥**，哪些能医病，都写得清清楚楚。

有一次，他把一棵草放到嘴里一尝，霎时**天旋地转**，一头栽倒在地。臣民慌忙扶他坐起，他明白自己中了毒，可是已经不会说话了，只用最后一点儿力气，指着面前一棵红色的灵芝草，又指指自己的嘴巴。臣民们慌忙把那红灵芝喂到他嘴里。神农吃了灵芝草，毒气解了，头不昏了，会说话了。从此，人们都说灵芝草能起死回生。

臣民担心他这样尝草，太危险了，都劝他还是下山回去。他又摇摇头说："不能回！黎民百姓饿了没吃的，病了没药医，我们怎么能回去呢！"说罢，他又接着尝百草。他尝完一山花草，又到另一山去尝，还是用木杆搭架的办法，攀登上去。一直尝了四十九天，**踏遍**了这里的山山岭岭。

他尝出了麦、稻等能充饥，就叫臣民把种子带回去，让黎民百姓种植，这就是后来的五谷。他尝出了365种草药，写成《神农本草》，叫臣民带回去，为天下百姓治病。神农尝完百草，来到回生寨，准备下山回去。他放眼一望，遍山搭的木架不见了。原来，那些搭架的木杆，落地生根，淋雨吐芽，年深月久，竟然长成了一片茫茫林海。神农正在为难，突然天空飞来一群白鹤，把他和保护他的几位臣民，接上天庭去了。

　　从此，回生寨一年四季，香气**弥漫**。为了纪念神农尝百草、造福人间的功绩，老百姓就把这一片茫茫林海取名为"神农架"；把神农升天的回生寨，改名为"留香寨"。

孟姜女的传说

孟姜女的丈夫范喜良，被魏王征召修筑长城劳累而死，埋于长城之下。孟姜女寻夫，感动天地，哭塌长城，露出丈夫尸骨。至今在卫辉市狮豹头乡歪脑村一带还流传其故事，山上能见到孟姜女哭塌长城的泪滴石。新乡市区有孟姜女河，孟姜女路，孟姜女桥等名称。

孟姜女从小是一个瓜，在瓜秧上长着。

在八达岭有这么两户人家，**挨帮靠底**地住在一块儿，墙东是孟家，墙西是姜家，多少年了，处得跟一家人一样。

这年墙东孟家种了棵瓜秧，结了一个瓜，顺着墙头爬过去了，在墙西姜家那边结着呢。瓜长得奇了，溜光水滑，谁看见谁夸。慢慢地，这瓜就长成了挺大的个儿。赶到秋后摘瓜了，一瓜跨两院，怎么办呢？得分哪，他们就拿刀把这瓜切开了。

瓜一切开，嗬，**金光闪亮**，里边没有瓤，也没有籽儿，坐着一个小姑娘，粗眉大眼，又白又胖。孟家和姜家都没有后代，一看可喜欢了，两家一商量，雇了一个奶母，就把小姑娘收养了。

　　一年小，两年大，三年长得盛不下，一晃这小姑娘十多岁了。两家都有钱，就请了个先生教书。念书得起个名啊，叫什么好呢？两家人说："这是咱们两家的后代，就叫孟姜女吧。"打这儿小姑娘就叫了孟姜女。

　　这时候，秦始皇就**修长城**了。在这八达岭造长城，到处抓人做工。那年头谁要叫衙役抓去了就不放人，要等长城修齐了才能让人回来呢。那时候都是白天，没黑夜，一天有十二个太阳，一个撵一个，三天三顿饭，人饿死的、累死的不知多少。

　　范喜良是个念书的公子，他听说秦始皇抓人修长城，心里害怕，吓得就跑出来了，光杆一个人，人地两生，跑到哪儿去呢？他抬头一看，前不着村，后不着店，又不敢远走，就犯了愁了。可愁也得走哇，他又跑了一阵子，看见一个村子，村里有个花园，就进去了。

　　这花园是谁家的呢？是孟家的。这时候，正赶上孟姜女跟丫鬟逛花园。孟姜女一看，**葡萄架**底下藏着一个人，可吓坏了。"啊呀！"喊了一声。

　　"怎么回事？"

　　孟姜女说："不好了，有人，有人。"

　　丫鬟一看，可不就是有人，就要喊，范喜良赶忙爬出来说："别喊，别喊，救我一命，我是**逃难**的。"

　　孟姜女一看，范喜良是个青年书生，长得挺好，就跟丫鬟回去找员外去了。到员外跟前一说，老员外心地善良，说："把他请进来吧。"就请进来了。员外说：

"你姓什么？叫什么？"

"姓范，叫范喜良。"

"你是哪儿的人哪？"

"是这村北的人。"

"因为什么逃出来的？"

"因为秦始皇修长城，抓人，没办法，跑到这儿来了。"员外一看，小伙儿挺老实，说："好吧，你在这儿住下吧。"就把他留下了。

住了好些天了。孟员外想，姑娘不小了，该找个夫君啦，就跟老伴儿商量。员外说："我看范喜良不错，不如把他**招门纳婿**得了。"

老伴儿一听，说："那敢情好了。跟姜家商量商量。"跟姜家一商量，姜家也挺乐意。范喜良呢？更不用说，就把这门亲事定下了。

说办就办，择了个日子成亲，摆上酒席，请来亲友宾朋，大吃大喝，闹了一天。

孟家有个仆人，也不知叫什么。这人看孟员外没儿子，早就**惦记**在心上了。他想，将来孟家招门纳婿一定是我的事。可是范喜良来了，他这算盘不就白打了吗？他气得**脸色煞白**，一转眼珠，主意就来了。他偷着跑到县官那里送信去了。他跟县官说："孟员外家，窝藏民工，叫范喜良。"

县官一听窝藏民工，说："抓！"

这时候天快黑了，客人也散了，孟姜女和范喜良正准备入洞房呢，就听鸡叫狗咬。不一会儿，进来一伙衙役，没容分说，三拉两扯，就把范喜良抓走了。

孟姜女一看，丈夫被抓走了，**大哭小嚎**，闹了一阵，也没办法。跟她爹妈哭一阵，可也没办法呀，就发起愁来。过了几天，孟姜女跟她爹妈说："我要去找范喜良。"

她爹妈一想，去吧，就拿出银子，叫仆人跟着，一块儿送她一程。

这个仆人走到半路上，就开始说浑话了，想调戏孟姜女。他说："范喜良一去是准死无活，你看我怎么样？跟着我过吧！"

孟姜女就知道他要使坏，说："好吧，可是，咱们俩成亲，也得找个媒人哪！"

仆人一想，这可上哪儿去找媒人？孟姜女说："这样吧，你看那山沟里有朵花，你把它拔来，咱们俩以花为媒吧。"

这个仆人心想，孟姜女真是一片诚心哪，就去拔。走到沟边一看犯了愁了。那山沟在陡石崖下边，那么深，怎么下去呀？

孟姜女说："你要是男子汉，有**胆量**，就把行李绳子解下来，我拉着，你往下爬，不就行了吗？"

这仆人就解下了绳子，孟姜女拉着一头，这人拉着另一头心惊胆战地爬下去。他抓住绳子，手刚刚离地，孟姜女一掀腿，一撒手，"**咕咚**！""妈呀！"把这人给摔到石崖下面去了。

剩下自己一个人了，孟姜女收拾收拾，奔修长城的工地来了。到这儿寻了好几天也没寻着。后来碰上一帮民工，问："你们这儿有叫范喜良的吗？"大伙儿说："有这么个人，新来的。"孟姜女说："他在哪儿呢？"一个人说："这几天没看着他，说不

定死了。"孟姜女一听可吓了一跳，赶忙问：

"尸首在哪儿？"

那人说："咳，谁管尸首啊？早都填了城脚了！"

孟姜女一阵心酸，就大哭起来。哭得**天昏地暗**。正哭着，只听"哗啦"一声，一段长城倒了，露出来范喜良的尸首。孟姜女抱着尸首，哭得死去活来。正哭着，来了一帮衙役，没容分说，上去就把她绑起来，送给县官。县官一看孟姜女长得好看，就送给秦始皇了。

秦始皇赏了县官**金银财宝**，给他升了官，就霸占了孟姜女。可是孟姜女怎么能服从呢？死也不从。没办法，秦始皇找几个老婆子去劝，劝也不从。再劝，还是不从。

日久天长，总这样下去也不行。孟姜女想了一个主意，说："从了。"看护人就报给秦始皇。秦始皇的心里很高兴，就来见孟姜女。

孟姜女说："从可是从，你得应我三件大事。"

秦始皇一想，只要你从，别说三件，三十件也依你。

孟姜女说："头一件，请高僧、高道，高搭彩棚，给我丈夫念七七四十九天经，超度他的亡魂。"

秦始皇为了得到孟姜女，寻思寻思，说："行，应你这一件。"

孟姜女说："第二件，你要穿上**孝服**，跟在灵车后面，率领着文武百官哭着送葬。"

秦始皇这回可犹豫了，我是人王地主，怎么能干这个，说："这件不行，再说第三件。"

孟姜女说："不行就没有第三件！"

秦始皇没了主意，再劝吧，不行，想了半天，还是没办法。他看看孟姜女，越看越美，真是魂都要**出窍**了，说："行，我答应第二件，说第三件吧。"

孟姜女说："第三件，你要跟我游三天海，三天以后，才能成亲。"

秦始皇想，这一件很容易，说："成了，三件都依你。"

秦始皇就吩咐请高僧、高道，高搭彩棚，准备孝服。都准备齐了，秦始皇**披麻戴孝**，真当了孝子。

等到发丧完了，该游海了。孟姜女跟秦始皇说："咱们游海去吧，游完好成亲。"秦始皇可真乐坏了，叫人抬上两顶花彩轿，跟孟姜女就来到了海边。孟姜女下了轿，走了几步，推开秦始皇，"**扑通**"一声投了海了。

秦始皇一看，可急了："来人！来人！"话没开口，人早沉底了。秦始皇没办法，就拿起赶山鞭，往海里赶石头，想把孟姜女砸死在海底。

可是他这一赶不要紧哪，海龙王受不了啦，要是石头都跑到海里，那龙宫不就完了吗？他犯了愁了。

龙王有个公主，非常聪明，她跟老龙王说："不要紧，我去偷他的赶山鞭。"

"你怎么偷呢？"

"我变成孟姜女，出去跟他成亲就偷来了。"

龙王一听，这办法不错，说："去吧。"公主就变成孟姜女离开了大海。

　　一离开大海，秦始皇还在那儿赶呢！公主说："你看你，我说游海三天，现在还不到两天，你就填起海来了，幸亏没砸着。"

　　秦始皇一看，孟姜女回来了，乐了，收起赶山鞭说："我以为你不回来了呢。"就跟公主回去了。

　　公主跟他配了一百天夫妻，把赶山鞭盗走了。

　　从此以后，秦始皇再也没有办法了。